万物皆可爱

WANWU
JIE KE'AI

琦君 等

著

密斯於

主编

长江出版传媒 | 崇文书局

图书在版编目（CIP）数据

万物皆可爱 / 琦君等著；密斯於主编 . -- 武汉 ：
崇文书局，2023.11
（经典名篇里的写作课）
ISBN 978-7-5403-7317-7

Ⅰ . ①万… Ⅱ . ①琦… ②密… Ⅲ . ①散文集－中国
－现代②散文集－中国－当代 Ⅳ . ① I266

中国国家版本馆 CIP 数据核字（2023）第 186321 号

责任编辑　高　娟　胡秀秀
责任印制　冯立慧
责任校对　董　颖

万物皆可爱
Wanwu Jie Ke'ai

出版发行　长江出版传媒｜崇文书局
地　　址　武汉市雄楚大街 268 号 C 座 11 层
电　　话　(027)87677133　邮政编码　430070
印　　刷　武汉新鸿业印务有限公司
开　　本　640mm×900mm　1/16
印　　张　13.5
字　　数　100 千
版　　次　2023 年 11 月第 1 版
印　　次　2023 年 11 月第 1 次印刷
定　　价　42.80 元
（如发现印装质量问题，影响阅读，由本社负责调换）

像作者一样读书，像大师那样写作

　　作为深耕阅读写作教育多年的老师，在各类讲座中，我最常被家长们问到的一个问题是："为什么我们家孩子读了很多书，却还是不会写作？"众所周知，阅读与写作是一对输入与输出的关系，然而，这种输入和输出并不是线性的，**不是书读得多，作文就一定写得好**。要想解决这个问题，我们就有必要深入探讨阅读与写作的关系，谈谈如何提升阅读品质，以及如何将阅读的输入成功转化为写作上的输出。

　　杜甫有句耳熟能详的名言，叫"读书破万卷，下笔如有神"。这句话对吗？对，也不对。放在杜甫生活的年代，大家捧读四书五经，胸罗万卷，所以能左右逢源而下笔有神。而且他们是读圣人之书，习圣人之理，写出来的文章自然也脱离不了圣人的那些套路。但是，放在现今这个信息过载，甚至是信息爆炸的年代，对这句话我们就要好好思辨一番了。面对着卷帙浩繁又良莠不齐的书山书海，我们到底应该读什么，怎么读，才能达到下笔如有神的境界呢?

在西方写作教育学中,有一个堪称基石的方法论 ——"像作者一样读书"(Read Like a Writer)。如果孩子书读得不少,作文却不见长进,这正是解决这个问题的关键。像作者一样读书,对于我们大多数人来说,尚是个新鲜的概念。与之对应的,像读者一样读书,对于我们每位读者来说,则是自然不过的事情。我们在阅读课上引导大家边阅读边思考,讲授各种阅读策略,目的都是帮助大家更好地理解文本的内容。而像作者一样读书,则是从学习写作技巧的角度出发,我们的阅读方式就完全不同了,关注的不再是文本内容,而是文本的写作方法和表现形式,从文本的作者那里学习借鉴,并应用到自己的写作中去。荣获诺贝尔文学奖的美国作家威廉·福克纳也反复强调了从阅读中学习写作方法的重要性。他建议广大写作者,"阅读,阅读,阅读,并琢磨它们是怎么写的,就像是一个木匠去当学徒工,并向师傅学习"。像读者一样读书还是像作者一样读书,阅读的方式不同,获益自然也就大相径庭了。

以提升写作为目的的阅读,国内常规的认知是让学生摘抄好词好句。所谓好词好句,一般是指文字华美、修辞精巧和寓意深刻的词句。这些词句用得好,当然可以为作文加分，用得不当，则适得其反。古人讲"修辞立其诚"，写好作文，光有好词好句不行，还要讲究真情实感。鲁迅先生关于作文秘诀有四句箴言："有真意，去粉饰，少做作，勿卖弄。"著名教育家叶圣陶先生主张，"直抒情感，了无隔阂；朴实说理，不生谬误"，说的也是这个道理。要做到这一点，光靠好词好句不行，还要有清晰的思维和精准的表达。倘若我们只满足于在阅读中摘抄好词好句，获得的只能是语言层面和知识层面的累积，然而仅凭这两点，远不足以支撑起写作的输出。

写作输出的关键在于写作思维和写作意识。例如，我们要有文体意识，不同文体的写作方法不同：叙述性写作是讲故事，要有时间、地点、人物，有起因、发展、高潮、结局；描述性写作则是用文字来描绘出画面，要通过看到、听到、尝到、闻到、摸到等感官细节让读者身临其境，感同身受。我们要有主题意识，要通过文章来表达观点。我们要有读者意识，要明确谁是我们的读者，我们这样写，读者能不能理解，会不会喜欢。我们要有剪裁意识，能根据主题对写作材料进行取舍。我们要有布局意识，要明白怎样写才能使文章结构清楚，条理分明，重点突出，详略得当。我们要有审美意识，懂得怎样写才能让文章更具美感，更有可读性……而这些，都需要像作者一样读书，去分析拆解作者的写作运思与行文技巧，去感受领悟作者的铺排用意与精妙匠心。

为了满足学生们渴望通过阅读提升写作的诉求，针对读什么和怎么读的疑问，我们编撰了这套《经典名篇里的写作课》经典文丛，精选出四十余位百年华语文坛大师的百篇传世佳作，以此为蓝本，从选材立意、谋篇布局、提炼细节、斟酌词句四个维度进行拆析讲解，并且录制了十六节视频微课，深度引领大家像作者一样读书，像大师那样写作，源源不断地从阅读中获取深厚的写作滋养。

我在课上等你，让我们在大师的笔下相聚。

《经典名篇里的写作课》丛书主编 密斯於
缪斯读写系列课程主讲人
缪斯学院院长
中国写作学会作家
加拿大约克大学传播与文化硕士

目录

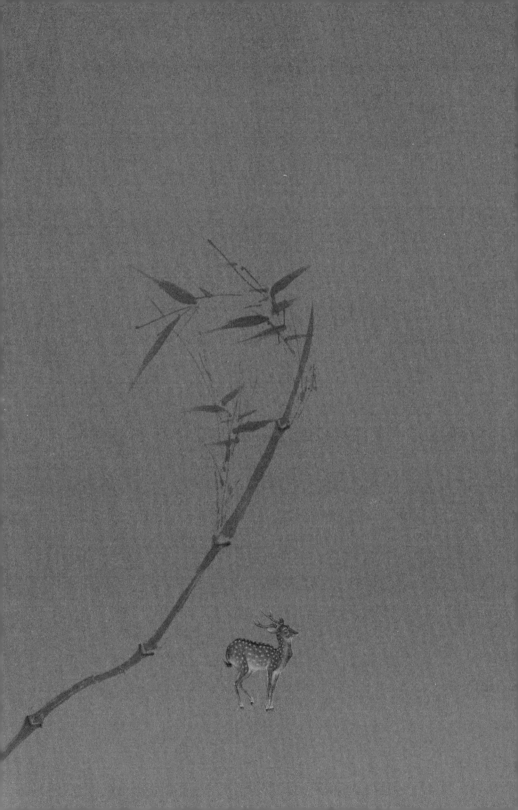

要描述，不要告诉

不善写作的学生有个通病，作文干巴巴的，不具体，不生动。要想作文生动起来，请谨记这个七字口诀——**"要描述，不要告诉"**。告诉，就是平铺直叙地交代，而描述呢，是提供很多很多的细节，给读者带来画面感，让读者仿佛身临其境，感同身受。

俄国作家契诃夫有一句关于写作的名言：**"不要告诉我月光很明亮，让我看到那碎玻璃上闪烁的光。"** 这就是一个非常典型的要描述，不要告诉的例子。"月光很明亮"，这是告诉的写法，这种写法是枯燥乏味的，丝毫不能激发出读者的想象。你需要通过细节来进行描述，比如，"在皎洁的月光下，地上的碎玻璃反射出晶莹的光来，像钻石一般闪烁"。你看，这样的描述多么灵动，多么有画面感，这才是生动有效的表达。

不少同学写作文喜用四字成语，以为生动有文采，诸如："市场上有各种各样的水果，色彩缤纷，琳琅满目。"殊不知，**这样的四字成语仍然是告诉的写法，笼统、含混、面目模糊**。试问，色彩缤纷，都有哪些色彩？琳琅满目，又是怎样的琳琅呢？

来看看大师是如何描述的。"青中透白的鸭儿梨，堆山似的，放在摊案上。红夏夏枣儿，紫的玫瑰葡萄，淡青的牛乳葡萄，用箩筐盛满了，沿街放着。苹果是比较珍贵一点儿的水果，像擦了胭脂的胖娃娃脸蛋子，堆成各种样式，放在蓝布面的桌案上。石榴熟得笑破了口，露出带醉的水晶牙齿，也成堆放在那里。"（张恨水《风飘果市香》）你看看这颜色，青的、白的、红的、紫的，你再看看这成色，"胖娃娃脸蛋子""笑破了口""带醉的水晶牙齿"，读着读着，让人不禁咧开嘴笑起来，想象着那丰盛的果市，心情也跟着轻快了呢。

所以，要描述，不要告诉。你记住了吗？

——密斯於

风檐尝烤肉

—— 张恨水

有人吃过北平的松柴烤肉吗？现在街头上橙黄橘绿，菊花摊子四处摆着，尝过这异味的人，就会对北平悠然神往。

据传说，松柴烤牛肉，那才是真正的北方大陆风味，吃这种东西，不但是尝那个味，还要领略那个意境。你是个士大夫阶级，当然你无法去领略。就是我在北平作客的二十年，也是最后几年，变了方法去尝的，真正吃烤肉的功架，我也是"仆病未能"。那么，是怎么个情景呢？说出来你会好笑的。

任何一条马路上，有极宽的人行路，这路总在一丈开外，在不妨碍行人的屋檐下，有些地方，是可以摆着浮摊的。这卖烤牛肉的炉灶，就是放置在这种地方。无论这炉灶属于大馆子小馆子或者饭摊儿，布置全是一样。一个高可三尺的圆炉灶，上面罩着一个铁棍罩子，北方人叫着甑（读如赠），将二三尺长的松树柴，塞到甑底下去烧。卖肉的人，将牛羊肉切成像牛皮纸那么薄，巴掌大一块（这就是艺术），用碟儿盛着，放在柜台或摊板上，当太阳黄黄儿的，斜临在街头，西北风在人头上瑟瑟吹过。松火柴在炉灶上吐着红焰，带了缭绕的青烟，横过马路。在下风头远远地嗅到一种烤肉香，于是有这嗜好的人，就情不自禁地会走了过去，叫一声："掌柜的，来两碟！"这里炉子四周，围了四条矮板凳，可不是坐着的，你要坐着，是上洋车坐车踏板，算来上等车了。你走过去，可以将长袍儿大襟一撩，把右脚踏在凳子上。店伙自会把肉送来，放在炉子木架上。另外是一碟葱白，一碗料酒酱油的掺和物。木架上有竹竿做的长棍子，长约一尺五六。你夹起碟子里的肉，向酱油料酒里面一和弄，立刻送到铁甑的火焰上去烤烙。但别忘了放葱白，去掺和着，于是肉气味、葱气味、酱油酒气味、松烟气味，融合一处，铁烙罩上吱吱作响，筷子越翻弄越香。

你要是吃烧饼，店伙会给你送一碟火烧来。你要是喝酒，店伙给你送一只杯子，一个三寸高的小锡瓶儿来，那时你左脚站在地上，右脚踏在凳上，右手拿了长筷子在甑上烤肉，左手两指夹了锡瓶嘴儿，向木架子上杯子里斟白干，一筷子熟肉送到口，接着举杯抿上一口酒，那神气就大了。"虽南面王无以易也！"

趣味还不止此，一个甑，同时可以围了六七个人吃。大家全是过路人，谁也不认识谁。可是各人在甑上占一块小地盘烤肉，有个默契的君子协定，互不侵犯。各烤各的，各吃各的。偶然交上一句话："味儿不坏！"于是做个会心的微笑。吃饱了，人喝足了，在店堂里去喝碗小米稀饭，就着盐水疙瘩，或者要个天津萝卜啃，浓腻了之后再来个清淡，其味无穷。另有个笑话，不巧，烤肉时，站在下风头，炉子里松烟，可向脸上直扑，你得时时闪开，去揉擦眼泪水儿。可是一面揉眼睛，一面长筷子夹烤肉，也有的是，那就是趣味嘛！

这样说来，士大夫阶级，当然尝不到这滋味。不，顺直门里烤肉宛家的灰棚里，东安市场东来顺三层楼上，前门外正阳楼院子里，也可以烤肉吃。尤其是烤肉宛家，每到夕阳西下，喝小米稀饭的雅座里，可以搬出二三十件狐皮大衣，自然，那灰棚门口，停着许多漂亮汽车。唉！于今想来，是一场梦。

风飘果市香

——张恨水

"已凉天气未寒时"，这句话用在江南于今都嫌过早，只有北平的中秋天气，乃是恰合。我于北平中秋的赏识，有些出人意外，乃是根据"老妈妈大会""奶奶经"而来，喜欢夜逛"果子市"。逛果子市的兴趣，第一就是"已凉天气未寒时"。第二是找诗意。第三是"起关"。第四是"踏月"。直到第五，才是买水果。你愿意让我报告一下吗？

　　果子市并不专指哪个地方，东单（东单牌楼之简称，下仿此）、西单、东四、西四。东四的隆福寺，西四的白塔寺，北城的新街口，南城的菜市口，临时会有果子市出现。早在阴历十三的那天晚半晌儿，果子摊儿就在这些地方出现了。吃过晚饭，孩子们就嚷着要逛果子市。这事交给他们姥姥或妈妈吧。我们还有三个斗方名士（其实很少写斗方），或穿哔叽西服，或穿薄呢长袍，在微微的西风敲打院子里树叶声中，走出了大门。胡同里的人家白粉墙上涂上了月光，先觉得身心上有一番轻松意味，顺步遛到最近一个果子市，远远地就嗅到一片清芬（仿佛用清香两字都不妥似的）。到了附近，小贩将长短竹竿儿，挑出两三个不带罩子的电灯泡儿，高高低低，好像在街店屋檐外，挂了许多水晶球，一片雪亮。在这电光下面，青中透白的鸭儿梨，堆山似的，放在摊案上。红戛戛枣儿，紫的玫瑰葡萄，淡青的牛乳葡萄，用箩筐盛满了，沿街放着。苹果是比较珍贵一点儿的水果，像擦了胭脂的胖娃娃脸蛋子，堆成各种样式，放在蓝布面的桌案上。石榴熟得笑破了口，露出带醉的水晶牙齿，也成堆放在那里。其余是虎拉车（大花红）、山里红（山楂）、海棠果儿，左一簸箕，右一筐子。一堆接着一堆。摆了半里多路。老太太、少奶奶、小姐、孩子们，成群地绕了这些水果摊子，人挤有点儿，但并不嘈杂，因为根本这是轻松的市场。大半边月亮在头上照着，不大的风吹动了女人的鬓发。大家在这环境里斯斯文文地挑水果，小贩子冲着人直乐，很客气地说："这梨又脆又甜，你不称上点儿？"我疑心在君子国。

哪里来的这一阵浓香，我想。呵！上风顺，有个花摊子，电灯下一根横索，成串地挂了紫碧葡萄还带了绿叶儿，下面一只水桶，放了成捆的晚香玉和玉簪花，也有些五色马蹄莲。另一只桶，飘上两片嫩荷叶，放着成捆的嫩香莲和红白莲花，最可爱的是一条条的藕，又白又肥，色调配得那样好看。

十点钟了，提了几个大鲜荷叶包儿回去。胡同里月已当顶，土地上像铺了水银。人家院墙里伸出来的树头，留下一丛丛的轻影，面上有点凉飕飕，但身上并不冷。胡同里很少行人，自己听到自己的脚步响，吁吁呜呜，不知是哪里送来几句洞箫声。我心里有一首诗，但我捉不住她，她仿佛在半空中。

豆 腐

——汪曾祺

豆腐点得比较老的，为北豆腐。听说张家口地区有一个堡里的豆腐能用秤钩勾起来，扛着秤杆走几十里路。这是豆腐吗？点得较嫩的是南豆腐。再嫩即为豆腐脑。比豆腐脑稍老一点的，有北京的"老豆腐"和四川的豆花。比豆腐脑更嫩的是湖南的水豆腐。

豆腐压紧成型，是豆腐干。

卷在白布层中压成大张的薄片，是豆腐片。东北叫干豆腐。压得紧而且更薄的，南方叫百页或千张。

豆浆锅的表面凝结的一层薄皮撩起晾干，叫豆腐皮，或叫油皮。我的家乡则简单地叫作皮子。

豆腐最简便的吃法是拌。买回来就能拌。或入开水锅略烫，去豆腥气。不可久烫，久烫则豆腐收缩发硬。香椿拌豆腐是拌豆腐里的上上品。嫩香椿头，芽叶未舒，颜色紫赤，嗅之香气扑鼻，入开水稍烫，梗叶转为碧绿，捞出，揉以细盐，候冷，切为碎末，与豆腐同拌（以南豆腐为佳），下香油数滴。一箸入口，三春不忘。香椿头只卖得数日，过此则叶绿梗硬，香气大减。其次是小葱拌豆腐。北京有歇后语："小葱拌豆腐——一青二白。"可见这是北京人家家都吃的小菜。拌豆腐特宜小葱，小葱嫩、香。葱粗如指，以拌豆腐，滋味即减。我和林斤澜在武夷山，住一招待所。斤澜爱吃拌豆腐，招待所每餐皆上拌豆腐一大盘，但与豆腐同拌的是青蒜。青蒜炒回锅肉甚佳，以拌豆腐，配搭不当。北京人有用韭菜花、青椒糊拌豆腐的，这是侉吃法，南方人不敢领教。而南方人吃的松花蛋拌豆腐，北方人也觉得岂有此理。这是一道上海菜，我第一次吃到却是在香港的一家上海饭馆里，是吃阳澄湖大闸蟹之前的一道凉菜。北豆腐、松花蛋切成小骰子块，同拌，无姜汁蒜泥，只少放一点盐而已。好吃么？用上海话说：蛮崭格！用北方话说：旱香瓜——另一个味儿。咸鸭蛋拌豆腐也是南方菜，但必须用敝乡所产"高邮咸蛋"。高邮咸蛋蛋黄色如朱砂，多油，和豆腐拌在一起，红白相间，只是颜色即可使人胃口大开。别处的咸鸭蛋，尤其是北方的，蛋黄色浅，又无油，却不中吃。

烧豆腐大体可分为两大类：用油煎过再加料烧的；不过油煎的。

北豆腐切成厚二分的长方块，热锅温油两面煎。油不必多，因豆腐不吃油。最好用平底锅煎。不要煎得太老，稍结薄壳，表面发皱，即可铲出，是名"虎皮"。用已备好的肥瘦各半熟猪肉，切大片，下锅略煸，加葱、姜、蒜、酱油、绵白糖，兑入原猪肉汤，将豆腐推入，加盖猛火煮二三开，即放小火咕嘟。约十五分钟，收汤，即可装盘。这就是"虎皮豆腐"。如加冬菇、虾米、辣椒及豆豉即是"家乡豆腐"。或加菌油，即是湖南有名的"菌油豆腐"——菌油豆腐也有不用油煎的。

"文思和尚豆腐"是清代扬州有名的素菜，好几本菜谱著录，但我在扬州一带的寺庙和素菜馆的菜单上都没有见到过。不知道文思和尚豆腐是过油煎了的，还是不过油煎的。我无端地觉得是油煎了的，而且无端地觉得是用黄豆芽吊汤，加了上好的口蘑或香蕈、竹笋，用极好秋油，文火熬成。什么时候材料凑手，我将根据想象，试做一次文思和尚豆腐。我的文思和尚豆腐将是素菜荤做，放猪油，放虾籽。

虎皮豆腐切大片，不过油煎的烧豆腐则宜切块，六七分见方。北方小饭铺里肉末烧豆腐，是常备菜。肉末烧豆腐亦称家常豆腐。烧豆腐里的翘楚，是麻婆豆腐。相传有陈婆婆，脸上有几粒麻子，在乡场上摆一个饭摊，挑油的脚夫路过，常到她的饭摊上吃饭，陈婆婆把油桶底下剩的油刮下来，给他们烧豆腐。后来大人先生也特意来吃她烧的豆腐。于是麻婆豆腐名闻遐迩。陈麻婆是个值得纪念的人物，中国烹饪史上应为她大书一笔，因为麻婆豆腐确实很好吃。做麻婆豆腐的要领是：一要油多。二要用牛肉末。我曾做过多次麻婆豆腐，都不是那个味儿，后来才知道我用的是瘦猪肉末。牛肉末不能用猪肉末代替。三是要用郫县豆瓣。豆瓣须剁碎。四是要用文火，俟汤汁渐渐收入豆腐，才起锅。五是起锅时要撒一层川花椒末。一定得用川花椒，即名为"大红袍"者。用山西、河北花椒，味道即差。六是盛出就吃。如果正在喝酒说话，应该把说话的嘴腾出来。麻婆豆腐必须是：麻、辣、烫。

昆明最便宜的小饭铺里有小炒豆腐。猪肉末，肥瘦，豆腐捏碎，同炒，加酱油，起锅时下葱花。这道菜便宜，实惠，好吃。不加酱油而用盐，与番茄同炒，即为番茄炒豆腐。番茄须烫过，撕去皮，炒至成酱，番茄汁渗入豆腐，乃佳。

砂锅豆腐须有好汤，骨头汤或肉汤，小火炖，至豆腐起蜂窝，方好。砂锅鱼头豆腐，用花鲢（即胖头鱼）头，劈为两半，下冬菇、扁尖（腌青笋）、海米，汤清而味厚，非海参鱼翅可及。

"汪豆腐"好像是我的家乡菜。豆腐切成指甲盖大的小薄片，推入虾籽酱油汤中，滚几开，勾薄芡，盛大碗中，浇一勺熟猪油，即得。叫作"汪豆腐"，大概因为上面泛着一层油。用勺舀了吃。吃时要小心，不能性急，因为很烫。滚开的豆腐，上面又是滚开的油，吃急了会烫坏舌头。我的家乡人喜欢吃烫的东西，语云："一烫抵三鲜。"乡下人家来了客，大都做一个汪豆腐应急。周巷汪豆腐很有名。我没有到过周巷，周巷汪豆腐好，我想无非是虾籽多，油多。近年高邮新出一道名菜：雪花豆腐，用盐，不用酱油。我想给家乡的厨师出个主意：加入蟹白（雄蟹白的油即蟹的精子），这样雪花豆腐就更名贵了。

不知道为什么，北京的老豆腐现在见不着了，过去卖老豆腐的摊子是很多的。老豆腐其实并不老，老，也许是和豆腐脑相对而言。老豆腐的作料很简单：芝麻酱、腌韭菜末。爱吃辣的浇一勺青椒糊。坐在街边摊头的矮脚长凳上，要一碗老豆腐，就半斤旋烙的大饼，夹一个薄脆，是一顿好饭。

四川的豆花是很妙的东西，我和几个作家到四川旅游，在乐山吃饭。几位作家都去了大馆子，我和林斤澜钻进一家只有穿草鞋的乡下人光顾的小店，一人要了一碗豆花。豆花只是一碗白汤，啥都没有。豆花用筷子夹出来，蘸"味碟"里的作料吃。味碟里主要是豆瓣。我和斤澜各吃了一碗热腾腾的白米饭，很美。豆花汤里或加切碎的青菜，则为"菜豆花"。北京的豆花庄的豆花乃以鸡汤煨成，过于讲究，不如乡坝头的豆花存其本味。

北京的豆腐脑过去浇羊肉口蘑渣熬成的卤。羊肉是好羊肉，口蘑渣是碎黑片蘑，还要加一勺蒜泥水。现在的卤，羊肉极少，不放口蘑，只是一锅稠糊糊的酱油黏汁而已。即便是过去浇卤的豆腐脑，我觉得也不如我们家乡的豆腐脑。我们那里的豆腐脑温在紫铜扁钵的锅里，用紫铜平勺盛在碗里，加秋油，滴醋、一点点麻油，小虾米、榨菜末、芹菜（药芹即水芹菜）末。清清爽爽，而多滋味。

中国豆腐的做法多矣，不胜记载。四川作家高缨请我们在乐山的山上吃过一次豆腐宴，豆腐十好几样，风味各别，不相雷同。特别是豆腐的质量极好。掌勺的老师傅从磨豆腐到烹制，都是亲自为之，绝不假手旁人。这一顿豆腐宴可称寰中一绝！

豆腐干南北皆有。北京的豆腐干比较有特点的是熏干。熏干切长片拌芹菜，很好。熏干的烟熏味和芹菜的芹菜香相得益彰。花干、苏州干是从南边传过来的，北京原先没有。北京的苏州干只是用味精取鲜，苏州的小豆腐干是用酱油、糖、冬菇汤煮出后晾得半干的，味长而耐嚼。从苏州上车，买两包小豆腐干，可以一直嚼到郑州。香干亦称茶干。我在小说《茶干》中有较细的描述：

> ……豆腐出净渣，装在一个小蒲包里，包口扎紧，入锅，码好，投料，加上好香油，上面用石头压实，文火煨煮，要煮很长时间。煮得了，再一块一块从蒲包里倒出来。这种茶干是圆形的，周围较厚、中间较薄，周身有蒲包压出来的细纹……这种茶干外皮是深紫色的，掰了，里面是浅褐色的。很结实，嚼起来很有咬劲，越嚼越香，是佐茶的妙品，所以，叫作"茶干"。

茶干原出界首镇，故称"界首茶干"。据说乾隆南巡，过界首，曾经品尝过。

干丝是淮扬名菜。大方豆腐干，快刀横披为片，刀工好的师傅一块豆腐干能片十六片；再立刀切为细丝。这种豆腐干是特制的，极坚致，切丝不断，又绵软，易吸汤汁。旧本只有拌干丝。干丝入开水略煮，捞出后装高足浅碗，浇麻油酱醋。青蒜切寸段，略焯，五香花生米搓去皮，同拌，尤妙。煮干丝的兴起也就是五六十年的事。干丝母鸡汤煮，加开阳（大虾米）、火腿丝。我很留恋拌干丝，因为味道清爽，现在只能吃到煮干丝了。干丝本不是"菜"，只是吃包子烧麦的茶馆里，在上点心之前喝茶时的闲食。现在则是全国各地淮扬菜系的饭馆里都预备了。我在北京常做煮干丝，成了我们家的保留节目。北京很少遇到大白豆腐干，只能用豆腐片或百页切丝代替。口感稍差，味道却不逊色，因为我的煮干丝里下了干贝。煮干丝没有什么诀窍，什么鲜东西都可往里搁。干丝上桌前要放细切的姜丝，要嫩姜。

臭豆腐是中国人的一大发明。我在上海、武汉都吃过。长沙火宫殿的臭豆腐毛泽东年轻时常去吃。后来回长沙，又特意去吃了一次，说了一句话："火宫殿的臭豆腐还是好吃。"火宫殿的臭豆腐遂成全国第一。油炸臭豆腐干，宜放辣椒酱、青蒜。南京夫子庙的臭豆腐干是小方块，用竹签像冰糖葫芦似的串起来卖，一串八块。昆明的臭豆腐不用油炸，在炭火盆上搁一个铁箅子，臭豆腐干放在上面烤焦，别有风味。

在安徽屯溪吃过霉豆腐，长条豆腐，长了二寸长的白色的绒毛，在平底锅中煎熟，蘸酱油辣椒青蒜吃。凡到屯溪者，都要去尝尝。

豆腐乳各地都有。我在江西进贤参加土改，那里的农民家家都做腐乳。进贤原来很穷，没有什么菜吃，顿顿都用豆腐乳下饭。做豆腐乳，放大量辣椒面，还放柚子皮，味道非常强烈。广西桂林、四川忠县、云南路南所出豆腐乳都很有名，各有特点。腐乳肉是苏州松鹤楼的名菜，肉味浓醇，入口即化。广东点心很多都放豆腐乳，叫作"南乳××饼"。

南方人爱吃百页。百页结烧肉是宁波、上海人家常吃的菜。上海老城隍庙的小吃店里卖百页结：百页包一点肉馅，打成结，煮在汤里，要吃，随时盛一碗。一碗也就是四五只百页结。北方的百页缺韧性，打不成结，一打结就断。百页可入臭卤中腌臭，谓之"臭千张"。

　　杭州知味观有一道名菜：炸响铃。豆腐皮（如过干，要少润一点水），瘦肉剁成细馅，加葱花细姜末，入盐，把肉馅包在豆腐皮内，成一卷，用刀剁成寸许长的小段，下油锅炸得馅熟皮酥，即可捞出。油温不可太高，太高豆皮易煳。这菜嚼起来发脆响，形略似铃，故名响铃。做法其实并不复杂。肉剁极碎，成泥状（最好用刀背剁），平摊在豆腐皮上，折叠起来，如小钱包大，入油炸，亦佳。不入油炸，而以酱油冬菇汤煮，豆皮层中有汁，甚美。北京东安市场拐角处解放前有一家肉店宝华春，兼卖南味熟肉，卖一种酒菜：豆腐皮切细条，在酱肉汤中煮透，捞出，晾至微干，很好吃，不贵。现在宝华春已经没有了。豆腐皮可做汤。炖酥腰（猪腰炖汤）里放一点豆腐皮，则汤色雪白。

重庆的水果

——徐蔚南

重庆是一个水果的城市，大部分水果都有，而以橘子为最多，一年到头都有橘子吃。从小学的时候起，我就知道四川是橘子的仓库。因为家中大厅上有一副银杏木的对子，那对联的句子是："河阳无地不栽花，西蜀有山都种橘。"我的识字就从厅堂上的许多匾额联上起的，而对联实在是标语，容易注入人的头脑里。家中大部分对联虽则相隔数十年，还是记得清清楚楚。四川产橘子，所以从童年时代就有了印象，而儿童又是谁都爱食橘子的。常常想如果到四川去那多好啊，可以吃许许多多橘子。

果然我到了四川重庆了，当我到达重庆时是在年初，正是橘子收获刚好之后，所以从飞机场走到市街上，满眼是卖橘子的小贩，那深黄色的滚圆的累累的橘子，叫人的眼睛感觉到一种愉快，那色彩实在太美丽了。十多年前，我曾得到过一套印刷最华美的园艺书籍，那是美国加利福尼亚水果大王裴尔明克七十岁做寿时的纪念刊物，其中五彩插图的美好，简直和真的一模一样，那打着生其四德黑印的花旗蜜橘，就是裴氏园中的妙物。据书中所述，花旗蜜橘最初是滚圆的，子很多，皮很薄，后来经过好几次的改良，橘子的形状从滚圆而变为长圆形，子也减少了，而皮已稍厚，原来薄薄的橘皮很难剥落，每易剥伤橘肉，及至其皮种改良而变厚时，便易剥落了。听说花旗蜜橘的种子，就是从四川传过去的。这是极可能的，不过什么时候传到美国，如何传到美国，那是要待考据家来做功夫了。说到味道，觉得四川的柑子，实比花旗蜜橘要鲜美，水分也较多。日本战时统制了一切水果，香蕉切成片晒干做军粮的一种，而橘子则成为病人的专利品。我们在战时，橘子、柑子却任何人都可丰富享受，只要有的是钱，病了而吃不到橘子的自然大有人在，那只好怨他的命苦。

柠檬本来是舶来品。将柠檬切一片放在茶里，虽则是西洋风，但确然有股清香，味道特别。太平洋战争之后，上海一带柠檬的输入成为绝迹，咖啡店里吃茶便没有柠檬。到了重庆倒发现了！说是外国种在成都方面试种成功，此后可以大量生产。

柚子在重庆也是很多，可是滋味不佳，远不如柑子之美。旅途中，在浙江淳安，买到柚子，水汁很多，但是酸极了，仿佛是日本的夏柑，难以下喉。后来，我们把柚子与青鱼同煮，鱼腥为之解除，鱼味便觉得特别鲜美。这个烹调方法在我国还没有应用过，家庭的主妇们不妨来试一下。

重庆的李子也可过得去，自然不能与浙江桐乡李子相比，那是李子皇后。重庆的紫红色的李子反不及绿色的好，后者比较小，味重却鲜美，称为香甘李子，很有道理。

重庆桃子不下于江浙所产，水蜜桃亦佳。将桃子切片加糖煮（但不可煮烂），其味道甚美，上海一带家庭主妇尤为之。到重庆后虽则有上好的桃子，却没有吃到此种煮桃子。没有家庭，自然也没有口福！

甘蔗与藕在重庆有大量生产，味均佳妙。重庆荔枝也好吃，虽不能与广东荔枝相比较。枣子与橄榄都是很大，味则较逊。柿子有扁圆的，颜色橙黄，不像浙江所产那么妍美，但滋味不差。葡萄味带酸，不及江南。

西瓜据说有德国种，瓜大而味美，但我在巴中没有尝到过，吃到的都是长圆的小瓜，没有味道，而且瓜价很贵。桂圆着实不差，初出的核大而肉薄，稍迟出者肉厚而核小。从桂圆外壳上可以分别其品质，凡是壳粗的便是肉薄而核大，反之则核小而肉厚。梨子虽无佳种，但糖梨可吃，皮作蜜黄色，肉稍粗，但甜味不差。淡青色的称为白梨的，粗糙，较糖梨差得多了。

地瓜是番薯的一种，湖南人称为洋薯，广东亦有之，独江南不产。其形状像番薯，唯皮白为佳，嫩者如梨，食则无味。苹果也不差，但不及江南所产。江南苹果，色香味三者兼而有之，而巴中所产，颜色尚佳，肉坚实而香气全无。佛手巴中所产者甚为巨大，可代柠檬入茶。番薯极多，且极巨大，不论熟吃生吃均好。巴中芭蕉树遍地皆是，而独香蕉无生产，这是巴中水果生产中的缺憾。

藕与莼菜

——叶圣陶

同朋友喝酒，嚼着薄片的雪藕，忽然怀念起故乡来了。若在故乡，每当新秋的早晨，门前经过许多乡人：男的紫赤的胳膊和小腿肌肉突起，躯干高大且挺直，使人起健康的感觉；女的往往裹着白地青花的头巾，虽然赤脚，却穿短短的夏布裙，躯干固然不及男的那样高，但是别有一种健康的美的风致；他们各挑着一副担子，盛着鲜嫩的玉色的长节的藕。在产藕的池塘里，在城外曲曲弯弯的小河边，他们把这些藕一再洗濯，所以这样洁白。仿佛他们以为这是供人品味的珍品，这是清晨的画境里的重要题材，倘若涂满污泥，就把人家欣赏的浑凝之感打破了；这是一件罪过的事，他们不愿意担在身上，故而先把它们洗濯得这样洁白，才挑进城里来。他们要稍稍休息的时候，就把竹扁担横在地上，自己坐在上面，随便拣择担里过嫩的"藕枪"或是较老的"藕朴"，大口地嚼着解渴。过路的人就站住了，红衣衫的小姑娘拣一节，白头发的老公公买两支。清淡的甘美的滋味于是普遍于家家户户了。这样情形差不多是平常的日课，直到叶落秋深的时候。

在这里上海，藕这东西几乎是珍品了。大概也是从我们故乡运来的。但是数量不多，自有那些伺候豪华公子硕腹巨贾的帮闲茶房们把大部分抢去了；其余的就要供在较大的水果铺里，位置在金山苹果吕宋香芒之间，专待善价而沽。至于挑着担子在街上叫卖的，也并不是没有，但不是瘦得像乞丐的臂和腿，就是涩得像未熟的柿子，实在无从欣羡。因此，除了仅有的一回，我们今年竟不曾吃过藕。

这仅有的一回不是买来吃的，是邻舍送给我们吃的。他们也不是自己买的，是从故乡来的亲戚带来的。这藕离开它的家乡大约有好些时候了，所以不复呈玉样的颜色，却满被着许多锈斑。削去皮的时候，刀锋过处，很不爽利。切成片送进嘴里嚼着，有些儿甘味，但是没有那种鲜嫩的感觉，而且似乎含了满口的渣，第二片就不想吃了。只有孩子很高兴，他把这许多片嚼完，居然有半点钟工夫不再作别的要求。

想起了藕就联想到莼菜。在故乡的春天，几乎天天吃莼菜。莼菜本身没有味道，味道全在于好的汤。但是嫩绿的颜色与丰富的诗意，无味之味真足以令人心醉。

在每条街旁的小河里，石埠头总歇着一两条没篷的船，满舱盛着莼菜，是从太湖里捞来的。取得这样方便，当然能日餐一碗了。

而在这里上海又不然，非上馆子就难以吃到这东西。我们当然不上馆子，偶然有一两回去叨扰朋友的酒席，恰又不是莼菜上市的时候，所以今年竟不曾吃过。直到最近，伯祥的杭州亲戚来了，送他瓶装的西湖莼菜，他送给我一瓶，我才算也尝了新。

向来不恋故乡的我，想到这里，觉得故乡可爱极了。我自己也不明白，为什么会起这么深浓的情绪？再一思索，实在很浅显：因为在故乡有所恋，而所恋又只在故乡有，就萦系着不能割舍了。譬如亲密的家人在那里，知心的朋友在那里，怎得不恋恋？怎得不怀念？但是仅仅为了爱故乡么？不是的，不过在故乡的几个人把我们牵系着罢了。若无所牵系，更何所恋念？像我现在，偶然被藕与莼菜所牵系，所以就怀念起故乡来了。

所恋在哪里，哪里就是我们的故乡了。

绍兴东西

——孙伏园

从前听一位云南朋友潘孟琳兄谈及，云南有一种挑贩，挑着两个竹篓子，口头叫着："卖东西呵！"这种挑贩全是绍兴人，挑里面的东西全是绍兴东西；顾主一部分自然是绍兴旅滇同乡，一部分却是本地人及别处人。所谓绍兴东西就是干菜、笋干、茶叶、腐乳等等。

　　绍兴有这许多特别食品，绍兴人在家的时候并不觉得，一到旅居外方的时候便一样一样地想起来了；绍兴东西的挑子就是应了这种需要而发生的；我在北京，在武汉，在上海，也常常看见这一类挑子。

　　解剖起来，所谓绍兴东西有三种特性：第一是干食，第二是腐食，第三是蒸食。

　　干食不论动植物质，好处在：整年的可以享用这类食品，例如没有笋的时候可以吃笋干，没有黄鱼的时候可以吃白鲞（这字读作"响"，是一个浙东特有的字，别处连认也不认得）；增加一种不同的口味，例如芥菜干和白菜干，完全不是芥菜和白菜的口味，白鲞完全不是黄鱼的口味，虾米完全不是虾仁的口味；增加携带的便利，既少重量，又少面积，既没有水分，又不会腐烂。这便是干食的好处。

至于腐食，内容和外表的改变比干食还厉害。爱吃腐食不单是绍兴人为然，别处往往也有一样两样东西是腐了以后吃的，例如法国人爱吃腐了的奶油，北京人爱吃臭豆腐和变蛋（俗曰皮蛋）。但是，绍兴人确比别处人更爱吃腐食。腐乳在绍兴名曰"霉豆腐"，有"红霉豆腐"和"白霉豆腐"之别。

白霉豆腐又有臭和不臭两种，臭的曰"臭霉豆腐"，不臭的则有"醉方"和"糟方"，因为都是方形的。此外，千张（一名百叶）也有腐了吃的，曰"霉千张"。笋也腐了吃，曰"霉笋"。

菜根也腐了吃，曰"霉菜头"。苋菜的梗也腐了吃，曰"霉苋菜梗"。霉苋菜梗蒸豆腐是妙味的佐饭菜。这便渐渐讲到蒸食的范围里去了。

盐奶是一种烧盐的余沥。烧盐的时候，盐汁有点点滴下的，积在柴灰堆里，成为灰白色的煤块样的东西，这便是盐奶。盐奶的味道仍是咸——（盐奶的得名和钟乳石的得名同一道理）——而别具鲜味，最宜于做"摺豆腐"吃。"摺"者是捣之搅之之谓。豆腐摺了之后，加以盐奶，面上或者加些笋末和麻油，在饭锅子里一蒸，若多蒸几次更好，取出食之，便是价廉味美的"摺豆腐"了。又如干菜蒸肉，是生肉一层，干菜一层，放在碗中蒸的，大约要蒸二十次或十五次，使肉中有干菜味，干菜中也有肉味。此外，用白鲞和鸡共蒸，味道也是无穷的，西湖碧梧轩绍酒馆便以这"鲞拼鸡"名于世。

年味忆燕都

——张恨水

旧历年快到了，让人想起燕都的过年风味，悠然神往。我上次曾说过，北平令人留恋之处，就在那壮丽的建筑，和那历史悠久的安逸习惯。西人一年的趣味中心在圣诞，中国人的一年趣味中心，却在过年。而北平人士之过年，尤其有味。有钱的主儿，自然有各种办法，而穷人买他一二斤羊肉，包上一顿白菜馅饺子，全家闹他一个饱，也可以把忧愁丢开，至少快活二十四小时。人生这样子过去是对的，我就乐意永远在北平过年的。

我先提一件事，以见北平人过年趣味之浓。远在阴历七八月，小住家儿的就开始"打蜜供"了。蜜供是一种油炸白面条，外涂蜜糖的食物。这糖面条儿堆架起来，像一座宝塔，塔顶上插上一面小红纸旗儿。塔有大有小，大的高二三尺，小的高六七寸，重由二三斤到几两。到了大年三十夜，看人家的经济情形怎样，在祖先佛爷供桌上，或供五尊，或供三尊。在蜜供上加一个打字云者，乃打会转出来的名词。就是有专门做这生意的小贩，在七八月间起，向小住家儿的，按月份收定钱，到年终拿满价额交货。这么一点小事交秋就注意，可见他们年味之浓了。因此，一跨进十二月的门，廊房头条的绢灯铺，花儿市扎年花儿的，开始悬出他们的货。天津杨柳青出品的年画儿，也就有人整大批地运到北平来。假如大街上哪里有一堵空墙，或者有一段空走廊，卖年画儿的，就在哪里开着画展。东西南城的各处庙会，每到会期也更形热闹。由城市里人需要的东西，到市郊乡下的需要的东西，全换了个样，全换着与过年有关的。由腊八吃腊八粥起，以小市民的趣味，就完全寄托在过年上。日子越近年，街上的年景也越浓厚。十五以后，全市纸张店里，悬出了红纸桃符，写春联的落拓文人，也在避风的街檐下，摆出了写字摊子。送灶的关东糖瓜大筐子陈列出来，跟着干果子铺、糕饼铺，在玻璃门里大篮、小篓陈列上中下三等的杂拌儿。打糖锣儿的，来得更起劲。他的担子上，换了适合小孩子抢着过年的口味，冲天子儿、炮打灯、麻雷子、空竹、花刀花枪，挑着四处串胡同。小孩一听锣声，便包围了那担子。所以无论在新来或久住的人，只要在街上一转，就会觉到年又快过完了。

北平是容纳着任何一省籍贯人民的都市。真正的宛平、大兴两县人，那百分比是微小得可怜的。但这些市民，在北平只要住上三年，就会传染了许多迎时过节的嗜好，而且越久传染越深。我在北平约莫过了十六七个年，因之尽管忧患余生，冲淡不了我对北平年味的回忆。自然，现在的北平小市民，已不能有百分之几的年味存在，而这也就越让我回忆着了。

通过感官细节来描述

具体生动的描写来源于对生活细致认真的观察。朱自清先生有言："一言一动之微，一沙一石之细，都不轻轻放过。"只有把握住各种各样的细节，才会有具体生动的描写。细节的作用是让读者如见其人，如睹其物，如临其境。为此，感官细节就显得尤为重要。

　　所谓感官细节，是通过我们的五种感官——视觉、听觉、嗅觉、味觉、触觉，去感知细节，感知我们看到了什么，闻到了什么，听到了什么，尝到了什么和触到了什么。为什么感官细节如此重要？这是因为我们对外部世界的认知全都来自五感所收集到的信息。同样的道理，我们进行描述时，也需要为读者提供这些感官信息，让他们见我所见，听我所听，闻我所闻……只有这样，读者才能够感同身受。所以，一定要通过感官细节来描述。

　　而且，当我们写作的时候，**最好不要只提供一种感官细节，而是要有意识地多写几种**，让读者能有更全面的感受。这就好比我们去电影院看电影，看普通电影和看3D电影，其感受大相径庭，3D电影会让人感觉更逼真。如果你去看4D电影，感受就更真实了，椅子随剧情的变化而颤动，下雨时会有水雾弥漫到脸上，还能闻到特殊的气味，它能让观众通过视觉、嗅觉、听觉和触觉多重感官来进行体验。我们写作文的时候，也要尽可能地给读者带来立体、丰富的感受。

　　大师们也是这样通过感官细节来进行描述的。我们且来看这个段落，出自纪庸先生的散文《北平的豆汁儿之类》："惯睡早觉的人常常在梦中就被这种小贩叫醒。担子总是那么简单，一头是'浆'，一头是'茶'，下面都有火炉，故其吆喝声为'杏仁儿茶来——豆腐浆——开噯锅啊——'。一端锅盖上放一大盘晶洁的白糖，看了它一定会引起你的食欲的。若在冬日，一闻此声，开门外出，先'哈'的一声呼出一口白色水蒸气，以示天气之冷；用铜圆五大枚买一大碗杏仁茶，加糖，调好，缩颈而吸之，其悠然之味，真有为吃牛尾番茄汤的人们所不及知者。豆腐浆也加糖，且有一种较嫩的豆腐，搅碎在内，故亦别具风味，尤妙在其热得烫嘴，非口中作吸吸溜溜之声不能吞入，遂使冷冻之意全消。"数一数大师在这里用到了多少种感官细节，看到的、听到的、尝到的、触到的，这不正是一个逼真传神、引人入胜的电影镜头吗？

——密斯於

北平的豆汁儿之类

——纪　庸

一切生活趣味，都得慢慢地汲取，才能体会到那种异样的感觉。故听不惯京戏的人，只觉得大锣大鼓震得耳聋，黑脸白脸，耀得眼花，但在两厢暗陬，却尽有闭上眼睛，在那儿用两个手指敲板眼的人，听到会意处，忽然一声"好"，真会使人惧然惊讶，而他却慢慢地啜起茶来了。这种事，在有着六七百年首都历史的北平，尤为普遍，故一些外方人，乍到此地，皆感到一种没落，麻木；但一住过半年以上，就有了种种脱不开的"瘾头儿"捆住你，使你又感到这真是一个各等人全能活得很舒适的大都会了。

喝"豆汁儿"也是这种"瘾"之一。午后，小胡同里就会听到卖"豆汁儿粥"的吆喝。这种人往往在午前卖"油炸烩"和烧饼。若说烧饼和油炸烩是早晨的点心，则豆汁儿恰当晚茶。中国人是不作兴如西洋人一般，有定时的点心和什么"下午茶"的，这等街头的担子，就是大众的咖啡馆了。豆汁儿担子一端是一个下面有着火炉的锅，另一端则当作"饭台"。古色古香的兰花瓷筒插了二三十双竹筷，中央是一大盘红色辣椒丝拌的咸菜条，也有环状的油炸烩放在另外一只木匣里，五六只白木小凳则悬置饭台四周以备食客之用。豆汁者，磨绿豆成糊状物加水而煮之使熟也，其味入口极酸臭，如隔日米泔汁。我很想考一下这食物的起源，搜寻几册讲食物的书都没有。盖食谱膳单，都是大人先生们"郇（huán）厨"的成绩，此种只有洋车夫才是大主顾的东西，理当没有也。——初到此地的人，真觉不敢问津，我甚至因此常骂北平人为猪，盖我乡只有猪才食米泔汁耳。首先发现它的好处的，是一位邻居的某太太，她每天午后必要令她的男孩到外面去"端"三大杯的，并且还得要上三片切得极薄的咸水芥（这是照例要赠送的）。起初我看了她笑，后来她总向我宣传，说这东西"清瘟祛毒，散热通风"。从此我就注意起来，果然那矮矮的卖豆汁人一进胡同口，就被好多孩子以及劳苦同胞围得风雨不透，且有许多邻家穿了高跟鞋的小姐们也端了碗来买，这就大大引起我的好奇心。终于有一天，妻端进一碗来，并一小碟辣咸菜。我见了那绿油油的汁液，就有点头痛，但辣椒又是我所喜吃，就闭着鼻子呷了几口，辣椒吃得太多，事后只觉得口腔火烧烧而已。哪知第二天又买了，仍有辣椒咸菜，于是我又吃了些，这回就感到在臭味和酸味之余，有些清香，一如吃了王致和的臭豆腐。从此不到半月之久，一到太阳西沉，就要留心听那悠长的一声叫喊"酸，辣——豆汁儿粥咧！"了。后来连我那不满三周岁的小孩子也染了这嗜好，他常常拿一个铜板坐在那饭台下面的白色小凳上，同邻家一个女孩，吃得悠然有味。有时不去喝，必要磨着他娘，大闹一场的。

据《饮膳正要》《本草》一类的书，绿豆本是除烦热、和五脏、行经脉的甘寒之品。北方通常到夏天要吃绿豆糕，说是可以解暑。故豆汁虽不登大雅，却也不见得无裨卫生。北平的卫生局长方颐积先生还在报纸上发表过一篇《豆汁与精致豆浆的比较》，虽未承认此物有绝对滋补之效，但到底也没说它有害。只是说这东西没经"消毒"或者有不洁之弊！啊呀！我真怕所谓"消毒"二字。盖在中国所谓"消毒"者，即卖得要特别贵之谓也；若使豆汁亦经消毒，如清华园模范奶厂的牛奶之类，不是什么 Hood 氏的热蒸汽法，便是什么双层纸罩的瓶子等等，怕也得用银色的牛奶车向大红色的门口里送，每月账单上要十几块了；拉车小子，更安能问津哉？

与豆汁同类的街头小吃，又有豆腐浆与杏仁茶。

这都在清晨才有。豆腐浆即做豆腐时豆腐凝结后所余之浆。杏仁茶则用杏仁粉和糯米粉、淀粉之类熬成。惯睡早觉的人常常在梦中就被这种小贩叫醒。担子总是那么简单，一头是"浆"，一头是"茶"，下面都有火炉，故其吆喝声为"杏仁儿茶来——豆腐浆——开嗳锅啊——"。一端锅盖上放一大盘晶洁的白糖，看了它一定会引起你的食欲的。若在冬日，一闻此声，开门外出，先"哈"的一声呼出一口白色水蒸气，以示天气之冷；用铜圆五大枚买一大碗杏仁茶，加糖，调好，缩颈而吸之，其悠然之味，真有为吃牛尾番茄汤的人们所不及知者。豆腐浆也加糖，且有一种较嫩的豆腐，搅碎在内，故亦别具风味，尤妙在其热得烫嘴，非口中作吸吸溜溜之声不能吞入，遂使冷冻之意全消。我顶喜欢那种在街口摆设固定摊头的杏仁茶，因其品质较好，且一旁必有一专炸"馃子"（油炸烩）的小贩，故可佐刚出油釜的热馃子而吸之，或将馃子夹入烧饼食之尤妙，北平人呼如此食法为"一套儿"。卖馃子的人总问你："您夹几套儿？"即指此。烧饼亦分两种，一种用酵面加芝麻油做的，名曰麻酱烧饼。另一种虽也用酵面做，中无油且层少，只有两面皮子，中则空空，此种名曰"马蹄儿"。以我之意，马蹄儿更好，因其中空易于夹放油炸烩之故。油炸烩，在北平往往指那种炸得焦酥的，其形细长，即南人所称油条也。若馃子则较粗，且不酥而有韧性，这种韧性吃起来格外有劲。我在上大学时顶喜欢吃西单牌楼白庙胡同口那一个摊头的烧饼和馃子，因为他做得极干净且极热也。前门大街珠宝市北口那个卖杏仁茶的贩子，生意极好，有时驻足于此，一面吃着"茶"，一面看着早晨起来就栖栖惶惶的芸芸众生，心里真说不出是怎么个味儿了。

卖小儿零吃物事者每天不知要有多少。以一种不四不六的糖担为最可厌，吹干了的面包，冒牌的朱古律糖，东洋劣质的橡胶玩具，另外还有抓彩设备，看起来会让人"恶心杀"。大约中国人之糟，喜欢"不四不六"的皮毛也是原因之一，故有外面是洋楼门面而里面是暗无天日旧房的建筑，有不中不西的广告画，有西服裤而长袍的服装，此皆前述糖担子之流也。挑这种担子的人，也往往有些土头土脑的市侩气，与其营业一致，而照顾他的也就是一些不上不下的孩子。我到底是中国人，觉得"中国本位"有时是必要；有一种打小锣卖豌豆糕的零食贩我就感到有趣。一天，只有我和小孩子在家，外面小锣敲动，孩子就说："买鱼！买鱼！"我很怪，只好说："没有卖的！"但他仍是固执着闹，后来只好开门出去，我开玩笑似的问那小贩："有鱼吗？"

我想我一定要被讥笑了，谁知他却说"有"。我倒怪起来，问他多少钱一条，他说只要一大枚呢。随即一面取下一个小凳，放下他的篮子，掀开手巾，我才看到里面是蒸熟的豌豆粉。他坐下，挖出一块粉，灵巧地捏成一个鱼，如果你喜欢呢，肚子里还可以放芝麻或糖的馅子，捏完，用旧梳子打上一些鱼鳞般的细痕，又用细竹枝在头部按了一个洼洞，将一小块粉嵌进去，就成了很生动的"龙睛鱼"了。我心中实不胜欣喜，觉得一个铜板会买这么多把戏看；就又叫他给捏一个兔子，孩子跳跳蹦蹦拿进门来，可惜是不到一分钟，一尾鱼和一头兔子早都进了他的食道了。

从此，我才知道街头有许多巧妙的艺人。

一次，又是孩子向我要求，说要吃"江米糕"。这又使我莫名所以了，还是他母亲告诉我外面就有卖的，也只要一大枚一块。我到外面一看，果然有一副担子，一头有个铜瓶一般的锅炉，那一端则仿佛馄饨担的盛面和馅子的二屉桌。这纯朴的小贩接了我的钱，用小勺盛了一下糯米粉，打开铜瓶上面的塞子，原来是一个有着小洞的蒸笼，不过只有瓶颈一般大小，瓶腹中则盛满沸水，下面也有火炉。他将一种梅花形的木型放在瓶颈上，把米粉倒入，盖了盖子，水蒸气立刻发出咝咝的细声，一分钟左右，他打开盖，那梅花式的粉糕已经熟了。他又撒上些糖，还放了两三条山楂丝，向一块纸上一倒，这滚烫的糕就在我手中了。我诧异他那繁杂的手续，但并不见有几个小孩子买他的糕吃，况即买也不过一两个铜板，然则这种艰难的生意，又如何来维持他的生活呢？

夜生活的象征者是馄饨担、炸豆腐担和硬面饽饽小贩。年节前后，更有桂花元宵。深夜，远远望到大街上豆样大的灯光，和水锅里蓬勃的白色蒸汽，一个人幽手幽脚地走回家去，这真是一首不能写出的诗。据说这种夜食贩都是给赌徒预备的，抑或经验之论。卖硬面饽饽的叫卖声往往在三更左右，时常是我已睡醒一觉的时候。听了那幽厉的声音，不由得浮起一个寒碜老者瑟缩在风寒中的影像。

这古老的城池曾经过几度沧桑了，但这些微渺的人事却依然。而今我们又陷在极度苦痛的低气压下，想到什么胃活、太阳牌橡胶鞋、大学眼药之类布遍了全市，这些可怀念的而又极贫俭的食物，或者也要到了末日吗？

一九三五岁尾，写于城头号角呜呜之声中

戈壁酸梅汤和低调幸福

——张晓风

前年盛夏，我人在蒙古国的戈壁滩，太阳直射，唉！其实已经不是太阳直射不直射的问题了，根本上你就像站在太阳里面呢！我觉得自己口干舌燥，这时，若有人在身边划火柴，我一定会赶快走避，因为这么一个干渴欲燃的我，绝对有引爆之虞。

"知道我现在最想最想要的东西是什么吗？"我问众游伴。

很惭愧，在那个一倒地即可就地成为"速成脱水人干"的时刻，我心里想的不是什么道统的传承，不是民族的休戚，也不是丈夫儿女……

我说："是酸梅汤啦！想想如果现在有一杯酸梅汤……"

此语一出，立刻引来大伙一片回应。其实那时车上尚有凉水。只是，有些渴，是水也解决不了的。

于是大家相约，等飞去北京，一定要去找一杯冰镇酸梅汤来解渴。这也叫"望梅止渴"吧！是以"三天后的梅"来止"此刻的渴"。

北京好像是酸梅汤的故乡，这印象我是从梁实秋先生的文章里读到的。那酸梅汤不只是酸梅汤，它的贩卖处设在琉璃厂。琉璃厂卖的是旧书、旧文物，本来就是清凉之地。客人逛走完了，低头饮啜一杯酸梅汤，梁老笔下的酸梅汤竟成了"双料之饮"——是和着书香喝下去的古典冷泉。

及至由蒙古国回到北京，那长安大街上哪里找得到什么酸梅汤的影子，到处都在卖可口可乐。

而梁老也早已大去，就算他仍活着，就算他陪我们一起来逛这北京城，就算我们找到了地地道道的酸梅汤，梁老也已经连喝一口的福气也没有了——他晚年颇为糖尿病所苦。在长安大街上走着走着，就想落泪，虽一代巨匠，一旦搅入轮回大限，也只能如此草草败下阵去。

好像，忽然之间，"幸福"的定义就跃跃然要进出来了。所谓幸福，就是活着，就是在盛暑苦热的日子喝一杯甘冽沁脾的酸梅汤，虽然这种属于幸福的定义未免定得太低调。

　　回到台北，我立刻到中药铺去抓几服酸梅汤料（买中药要说"抓"，"抓"字用得真好，是人跟草药间的动作，很传神）。酸梅汤料其实很简单，基本上是乌梅加山楂，甘草可以略放几片。但在台湾，却流行在每服配料里另加六七朵洛神花。酸梅汤的颜色本来只是像浓茶，有了洛神花便添几分艳俏。如果真把当年北京的酸梅汤盛一盏来和今日台湾的并列，前者如侠士，后者便是侠女了。

　　酸梅汤当然要放糖，但一定要放未漂白的深黄色粗砂糖，黄糖较甜，而且有一股焦香，糖须趁热搅入（台糖另有很可爱的小粒黄色冰糖，但因是塑料盒，我便拒买了）。汤汁半凉时，还可以加几匙蜂蜜，蜂蜜忌热，只能用温水调开。

　　如果有桂花酱，那就更得无上妙谛了。

剩下来的，就是时间，给它一天半天的时间，让它慢慢从鼎沸火烫修炼成冰崖下滴的寒泉。

女儿当时虽已是大学生，但每次骑车从滚滚红尘中回到家里，猛啜一口酸梅汤之际，仍然忍不住又成了雀跃三尺的小孩。古代贵族每有世世相传的家徽，我们市井小民弄不起这种高贵的符号，但一家能有几样"家饮""家食""家点"来传之子孙也算不错，而且实惠受用。古人又喜以宝鼎传世，我想传鼎不如传食谱食方，后者才是"软件"呢！

因为有酸梅汤，溽暑之苦算来也不见得就不能忍受了。

有时，兀自对着热气氤氲上腾的一锅待凉的酸梅汤，觉得自己好像也是烧丹炼汞的术士，法力无边。我可以把来自海峡彼岸的一片梅林，一树山楂和几丛金桂，加上几朵来自东台湾山乡的霞红的洛神花，还有南部平原上的甘蔗田，忽地一抓，全摄入我杯中，成为琼浆玉液。这种好事，令人有神功既成，应来设坛谢天的冲动。

好，我再来重复一次这妙饮的配方：乌梅、山楂、甘草、洛神花、糖、蜜、桂花，加上反复滚沸的慢火和缓缓降温的时间。此外，如果你真的希望让你手中的那杯酸梅汤和我这杯一样好喝的话，那么你还须再加上一颗对生活"有所待却无所求"的易于感谢的心。

吃　相

——梁实秋

一位外国朋友告诉我，他旅游西南某地的时候，偶于餐馆进食，忽闻壁板砰砰作响，其声清脆，密集如连珠炮，向人打听才知道是邻座食客正在大啖其糖醋排骨。这一道菜是这餐馆的拿手菜，顾客欣赏这个美味之余，顺嘴把骨头往旁边喷吐，你也吐，我也吐，所以把壁板打得叮叮当当响。不但顾客为之快意，店主听了也觉得脸上光彩，我认为这是大家为他捧场。这位外国朋友问我这是不是国内各地普遍的风俗，我告诉他我走过十几省还不曾遇见过这样的场面，而且当场若无壁板设备，或是顾客嘴部筋肉不够发达，此种盛况即不易发生。可是我心中暗想，天下之大，无奇不有，这样的事恐怕亦不无发生的可能。

　　《礼记》有"毋啮骨"之诫，大概包括啃骨头的举动在内。糖醋排骨的肉与骨是比较容易脱离的，大块的骨头上所连带着的肉若是用牙齿咬断下来，那龇牙咧嘴的样子便觉不大雅观。所以"割不正不食""席不正不食"都是对于在桌面上进膳的人而言，啮骨应该是桌底下另外一种动物所做的事。不要以为我们一部分人把排骨吐得噼啪响便断定我们的吃相不佳。各地有各地的风俗习惯。世界上至今还有不少地方是用手抓食的。听说他们是用右手取食，左手则专供做另一种肮脏的事，不可混用，可见也还注重清洁。我不知道像咖喱鸡饭一类黏糊糊的东西如何用手指往嘴里送。用手取食，原是古已有之的老法。罗马皇帝尼禄大宴群臣，他从一只硕大无比的烤鹅身上扯下一条大腿，手举着"鼓槌"，歪着脖子啃而食之，那副贪婪无厌的饕餮相我们可于想象中得之。罗马的光荣不过尔尔，等而下之不必论了。欧洲中古时代，餐桌上的刀叉是奢侈品，从十一世纪到十五世纪不曾被普遍使用，有些人自备刀叉随身携带，这种作风一直延至十八世纪还偶尔可见。据说在酷嗜通心粉的国度里，市廛道旁随处都有贩卖通心粉（与不通心粉）的摊子，食客都是伸出右手，像是五股钢叉一般把粉条一卷就送到口里，干净利落。

不要耻笑西方风俗鄙陋，我们泱泱大国自古以来也是双手万能。《礼记》："共饭不泽手。"吕氏注曰："不泽手者，古之饭者以手，与人共饭，摩手而有汗泽，人将恶之而难言。"饭前把手洗洗揩揩也就是了。樊哙把一块生猪肘子放在铁盾上拔剑而啖之，那是鸿门宴上的精彩节目，可是那个吃相也就很可观了。我们不愿意在餐桌上挥刀舞叉，我们吃饭的工具主要的是筷子，筷子即箸，古称饭颊。细细的两根竹筷，搦在手上，运动自如，能戳、能夹、能撮、能扒，神乎其技。不过我们至今也还有用手进食的地方，像从兰州到新疆，"抓饭""抓肉"都是很驰名的。我们即使运用筷子，也不能不有相当的约束，若是频频夹取如金鸡乱点头，或挑肥拣瘦地在盘碗里翻翻弄弄如拨草寻蛇，就不雅观。

餐桌礼仪，中西都有一套。外国的餐前祈祷，兰姆的描写可谓淋漓尽致。家长在那里低头闭眼，口中念念有词，孩子们很少不在那里做鬼脸的。我们幸而极少宗教观念，小时候不敢在碗里留下饭粒，是怕长大了娶麻子媳妇；不敢把饭粒落在地上，是怕天打雷劈。喝汤而不准吮吸出声是外国规矩，我想这规矩不算太苛，因为外国的汤盆很浅，好像都是狐狸请鹭鸶吃饭时所使用的器皿，一盆汤端到桌上不可能是烫嘴热的，慢一点灌进嘴里去就可以不至于出声。若是喝一口我们的所谓"天下第一菜"口蘑锅巴汤而不出一点声音，岂不强人所难？从前我在北方家居，邻户是一个治安机关，隔着一堵墙，墙那边经常有几十口子在院子里进膳，我可以清

晰地听到"呼噜，呼噜，呼——噜"的声响，然后是
"咔嚓"一声。他们是在吃炸酱面，于猛吸面条之后咬
一口生蒜瓣。

餐桌的礼仪要重视，不要太重视。外国人吃饭不
但要席正，而且挺直腰板，把食物送到嘴边。我们"食
不厌精，脍不厌细"，要维持那种姿势便不容易。我见
过一位女士，她的嘴并不比一般人小多少，但是她喝
汤的时候真能把上下唇撮成一颗樱桃那样大，然后以匙
尖触到口边徐徐吮饮之。这和把整个调羹送到嘴里面的
人比较起来，又近于矫枉过正了。人生贵适意，在环境
许可的时候不妨稍微放肆一点。吃饭而能充分享受，没
有什么太多礼法的约束，细嚼烂咽，或风卷残云，均无
不可，吃的时候怡然自得，吃完之后抹抹嘴鼓腹而游，
像这样的乐事并不常见。我看见过两次真正痛快淋漓地
吃，印象至今犹新。一次在北京的"灶温"，那是一爿
道地的北京小吃馆。棉帘启处，进来了一位赶车的，即
是赶轿车的车夫，辫子盘在额上，衣襟掀起塞在褡布底
下，大摇大摆，手里托着菜叶裹着的生猪肉一块，提着
一根马兰系着的一撮韭黄，把食物往柜台上一拍："掌
柜的，烙一斤饼！再来一碗燉肉！"等一下，肉丝炒韭
黄端上来了，两张家常饼，一碗燉肉也端上来了。他把

菜肴分为两份，一份倒在一张饼上，把饼一卷，比拳头要粗，两手扶着戳立在盘子上，张开血盆巨口，左一口，右一口，中间一口！不大的工夫，一张饼下肚，又一张也不见了，直吃得他青筋暴露、满脸大汗，挺起腰身连打两个大饱嗝。又一次，我在青岛寓所的后山坡上看见一群石匠在凿山造房，晌午歇工，有人送饭，打开笼屉热气腾腾，里面是半尺来长的酸面蒸饺，工人蜂拥而上，每人拍拍手掌便抓起饺子来咬，饺子里面露出绿韭菜馅。又有人挑来一桶开水，上面漂着一个瓢，一个个红光满面围着桶舀水吃。这时候又有挑着大葱的小贩赶来兜售那像甘蔗一般粗细的大葱，登时又人手一截，像是饭后进水果一般。上面这两个景象，我久久不能忘，他们都是自食其力的人，心里坦荡荡的，饥来吃饭，取其充腹，管什么吃相！

宴之趣

——郑振铎

虽然是冬天，天气却并不怎么冷，雨点淅淅沥沥地滴个不已，灰色云是弥漫着；火炉的火是熄下了，在这样的秋天似的天气中，生了火炉未免是过于燠（yù）暖了。家里一个人也没有，他们都出外"应酬"去了。独自在这样的房里坐着，读书的兴趣也引不起，偶然地把早晨的日报翻着，翻着，看看它的广告，忽然想起去看 *Merry Widow* 吧。于是独自上了电车，到派克路跳下了。

在黑漆的影戏院中，乐队悠扬地奏着乐，白幕上的黑影，坐着，立着，追着，哭着，笑着，愁着，怒着，恋着，失望着，决斗着，那还不是那一套，他们写了又写，演了又演的那一套故事。

但至少，我是把一句话记住在心上了：

"有多少次，我是饿着肚子从晚餐席上跑开了。"

这是一句隽妙无比的名句；借来形容我们宴会无虚

日的交际社会，真是很确切的。

每一个商人，每一个官僚，每一个略略交际广了些的人，差不多每一个黄昏都是消磨在酒楼菜馆之中的。有的时候，一个黄昏要赶着去赴三四处的宴会。这些忙碌的交际者在这里坐一坐，就走开了，又赶到另一个地方去了，在那一个地方又只略坐一坐，又赶到再一个地方去了。他们的肚子定是不会饱的，我想。有几个这样的交际者，当酒阑灯炧，应酬完毕之后，定是回到家中，叫底下人烧了稀饭来堆补空肠的。

我们在广漠繁华的上海，简直是一个村气十足的"乡下人"；我们住的是乡下，到"上海"去一趟是不容易的，我们过的是乡间的生活，一月中难得有几个黄昏是在"应酬"场中度过的。有许多人也许要说我们是"孤介"，那是很清高的一个名词。但我们实在不是如此，我们不过是不惯征逐于酒肉之场，始终保持着不大见世面的"乡下人"的色彩而已。

偶然的有几次，承一两个朋友的好意，邀请我们去赴宴。在座的只有三四个熟人，那一半生客，还要主人介绍或自己去请教尊姓大名，或交换名片，把应有的初见面的应酬的话讷讷地说完了之后，便默默地相对无言了。说的话都不是有着落，都不是从心里发出的；泛泛的，是几个音声，由喉咙头溜到口外的而已。过后自己想起那样的敷衍的对话，未免要为之失笑。如此地，说是一个黄昏在繁灯絮语之宴席上度过了，然而那是如何没有生趣的一个黄昏呀！

有几次，席上的生客太多了，除了主人之外没有一个是认识的；请教了姓名之后，也随即忘记了。除了和主人说几句话之外，简直无从和他们谈起。不晓得他们是什么行业，不晓得他们是什么性质的人，有话在口头也不敢随意高谈起来。那一席宴，真是如坐针毡；精美的羹菜，一碗碗地捧上来，也不知是什么味儿。终于忍不住了，只好向主人撒一个谎，说身体不大好过，或说是还有应酬，一定要去的。——如果在谣言很多的这几天当然是更好托辞了，说我怕戒严提早，要被留在华界之外——虽然这是没礼貌的，不大应该的，虽然主人是照例地殷勤地留着，然而我却不顾一切地不得不走了。这个黄昏实在是太难挨得过去了！回到家里以后，买了一碗稀饭，即使只有一小盏萝卜干下稀饭，反而觉得舒畅，有意味。

如果有什么友人做喜事，或寿事，在某某花园、某某旅社的大厅里，大张旗鼓地宴客，不幸我们是被邀请了，更不幸我们是太熟的友人，不能不到，也不能道完了喜或拜完了寿，立刻就托辞溜走的，于是这又是一个可怕的黄昏。常常地张大了两眼，在寻找熟人。好容易找到了，一定要紧紧地和他们挤在一起，不敢失散。到了坐席时，便有两三人在一块儿可以谈谈了，不至于一个人独自地局促在一群生面孔的人当中，惶恐而且空虚。当我们两三人在津津地谈着自己的事时，偶然抬起眼来看着对面的一个坐客，他是凄然无侣地坐着；大家酒杯举了，他也举着；菜来了，一个人说："请，请。"同时把牙箸伸到盘边，他也说："请，请。"也同样地把牙箸伸出。除了吃菜之外，他没有目的，菜完了，他便局促地独坐着。我们见了他，总要代他难过，然而他终于能够终了席方才起身离座。

宴会之趣味如果仅是这样的，那么，我们将咒诅那第一个发明请客的人；喝酒的趣味如果仅是这样的，那么，我们也将打倒杜康与狄奥尼修士了。

然而又有的宴会却幸而并不是这样的；我们也还有别的可以引起喝酒的趣味的环境。

独酌，据说，那是很有意思的。我少时，常见祖父一个人执了一把锡的酒壶，把黄色的酒倒在白瓷小杯里，举了杯独酌着；喝了一小口，真正一小口，便放下了，又拿起筷子来夹菜。因此，他食得很慢，大家的饭碗和筷子都已放下了，且已离座了，而他却还在举着酒杯，不匆不忙地喝着。他的吃饭，尚在再一个半点钟之后呢。而他喝着酒，颜微酡着，常常叫道："孩子，来。"而我们便到了他的跟前。他夹了一块只有他独享着的菜蔬放在我们口中，问道："好吃吗？"我们往往以点点头答之。在孙男与孙女中，他特别喜欢我，叫我前去的时候尤多。常常地，他把有了短髭的嘴吻着我的面颊，微微有些刺痛，而他的酒气从他的口鼻中直喷出来。这是使我很难受的。

这样地，他消磨过了一个中午和一个黄昏。天天都是如此。我没有享受过这样的乐趣，然而回想起来，似乎他那时是非常地高兴，他是陶醉着，为快乐的雾所围着，似乎他的沉重的忧郁都从心上移开了，这里便是他的全世界，而全世界也便是他的。

另一个宴之趣，是我们近几年所常常领略到的，那就是集合了好几个无所不谈的朋友，全座没有一个生面孔，在随意地喝着酒，吃着菜，上天下地地谈着。有时说着很轻妙的话，说着很可发笑的话，有时是如火如剑的激动的话，有时是深切的论学谈艺的话，有时是随意地取笑着，有时是面红耳热地争辩着，有时是高妙的

理想在我们的谈锋上触着，有时是恋爱的遇合与家庭的
与个人的身世使我们谈个不休。每个人都把他的心胸赤
裸裸地袒开了，每个人都把他的向来不肯给人看的面孔
显露出来了；每个人都谈着，谈着，谈着，只有更兴奋
地谈着，毫不觉得"疲倦"是怎么一个样子。酒是喝得
干了，菜是已经没有了，而他们却还是谈着，谈着，谈
着。那个地方，即使是很喧闹的，很湫狭的，向来所不
愿意多坐的，而这时大家却都忘记了这些事，只是谈着，
谈着，谈着，没有一个人愿意先说起告别的话。要不是为
了戒严或家庭的命令，竟不会有人想走开的。虽然这些闲
谈都是琐屑之至的，都是无意味的，而我们却已在其间得
到宴之趣了——其实在这些闲谈中，我们是时时可发现许
多珠宝的；大家都互相地受着影响，大家都更进一步了解
他的同伴，大家都可以从那里得到些教训与利益。

"再喝一杯，只要一杯，一杯。"

"不，不能喝了，实在的。"

不会喝酒的人每每这样被强迫着而喝了过量的酒。面
部红红的，映在灯光之下，是向来所未有的壮美的丰采。

"圣陶，干一杯，干一杯。"我往往举起杯来对着
他说，我是很喜欢一口一杯地喝酒的。

"慢慢地，不要这样快，喝酒的趣味，在于一小口一小口地喝，不在于'干杯'。"圣陶反抗似的说，然而终于他是一口干了，一杯又是一杯。

连不会喝酒的愈之、雁冰，有时竟也被我们强迫地干了一杯。于是大家哄然地大笑，是发出于心之绝底的笑。

再有，佳年好节，合家团团地坐在一桌上，放了十几双的红漆筷子，连不在家中的人也都放着一双筷子，都排着一个座位。小孩子笑滋滋地闹着吵着，母亲和祖母温和地笑着，妻子忙碌着，指挥着厨房中、厅堂中仆人们做菜、端菜，那也是特有一种融融泄泄的乐趣，为孤独者所妒羡不止的，虽然并没有和同伴们同在时那样的宴之趣。

还有，一对恋人独自在酒店的密室中晚餐；还有，从戏院中偕了妻子出来，同登酒楼喝一两杯酒；还有，伴着祖母或母亲在熊熊的炉火旁边，放了几盏小菜，闲吃着宵夜的酒，那都是使身临其境的人心醉神怡的。

宴之趣是如此的不同呀！

核桃酪

—— 梁实秋

玉华台的一道甜汤核桃酪也是非常叫好的。

有一年，先君带我们一家人到玉华台午饭。满满的一桌，祖孙三代。所有的拿手菜都吃过了，最后是一大钵核桃酪，色香味俱佳，大家叫绝。先慈说："好是好，但是一天要卖出多少钵，需大量生产，所以只能做到这个样子，改天我在家里试用小锅制作，给你们尝尝。"我们听了大为雀跃。回到家里就天天缠着她做。

我母亲做核桃酪，是根据她为我祖母做杏仁茶的经验揣摩着做的。我祖母的早点，除了燕窝、哈什玛、莲子等之外，有时候也要喝杏仁茶。街上卖的杏仁茶不够标准，要我母亲亲自做。虽是只做一碗，材料和手续都不能缺少，久之也就做得熟练了。核桃酪和杏仁茶性质差不多。

核桃来自羌胡，故又名"胡桃"，是张骞时传到中土的，北方盛产。取现成的核桃仁一大捧，用沸水泡。司马光幼时请人用沸水泡，以便易于脱去上面的一层皮，而谎告其姊说是自己剥的，这段故事是大家所熟悉的。开水泡过之后要大家帮忙剥皮的，虽然麻烦，好在数量不多，顷刻而就。在馆子里据说是用硬毛刷去刷的！核桃要捣碎，越碎越好。

取红枣一大捧，也要用水泡，泡到涨大的地步，然后煮，去皮，这是最烦人的一道手续。枣树在黄河两岸无处不有，而以河南灵宝所产为最佳，枣大而甜。北平买到的红枣也相当肥大，不似台湾这里中药店所卖的红枣那样瘦小。可是剥皮取枣泥还是不简单。我们用的是最简单的办法，用小刀刮，刮出来的枣泥绝对不带碎皮。

白米小半碗，用水泡上一天一夜，然后捞出来放在捣蒜用的那种较大的缸钵里，用一根捣蒜用的棒槌（当然都要洗干净使不带蒜味，没有捣过蒜的当然更好）尽力地捣，要把米捣得很碎，随捣随加水。碎米渣滓连同汁水倒在一块纱布里，用力拧，拧出来的浓米浆留在碗里待用。

煮核桃酪的器皿最好是小薄铫。"铫"读如"吊"。

《正字通》："今釜之小而有柄有流者亦曰'铫'。"铫是泥沙烧成的，质料像砂锅似的，很原始，很粗陋，黑黝黝的，但是非常灵巧而有用，煮点东西不失原味，远较铜锅铁锅为优，可惜近已淘汰了。

把米浆、核桃屑、枣泥和在一起在小薄铫里煮，要守在一旁看着，防溢出。很快地就煮出了一铫子核桃酪。放进一点糖，不要太多。分盛在三四个小碗（莲子碗）里，每人所得不多，但是看那颜色，微呈紫色，枣香、核桃香扑鼻，喝到嘴里黏糊糊的、甜滋滋的，真舍不得一下子咽到喉咙里去。

茶和咖啡

————徐蔚南

什么时候养成我爱好品茶的习惯，正和旁人一样，很难回答的了。因为我国是茶之国，而饮茶又是那么普遍，在家庭里，在社会上，时刻有饮茶的机会，积渐而养成品茶的习惯，更进而养成要饮好茶的习惯。杭州的龙井茶，真是要得，泡出来有股幽香，而入口则味道甚厚，略带些些的苦味，而这苦味中却像是甜的，仿佛我们今日回想往时，就是困境也有点甜味。而今日要的甜味呢，却要如西洋人的饮茶一样，要用白糖掺进去，用人工方法制造的了。

　　福建的双熏三熏，因为和有花香，所以味道特别的浓厚，而我却爱它的颜色好看，注在白瓷的茶杯中，黄澄澄的仿佛一杯蜜糖。安徽的祁门红茶也着实够味，色香味都妙。我去重庆时，在屯溪耽搁了一个月，好茶着实尝到不少。郊外密云岩一个庙宇里，游客到时常供给一杯清茶，取资甚廉。那种茶在屯溪是极寻常之品，但在别地，便是佳品了。我好几次去密云岩，可说是都为

的饮茶。到了建阳，有人供给我品尝武夷山上最驰名的
铁观音，只是真假莫辨。后来想想，一定是真的。到了
桂林，又逢到中国茶叶公司的经理沈秋雁先生，他在公
司所设茶室里请我们饮碧螺春。

我从屯溪到重庆，一路上随时买点土产，沿路送
人，到重庆一一送光，独有一包茶叶却不肯送人，要自
己享受。那是屯溪一个茶店老板送给我的最好的红茶。
用滚水泡出来时，首先，那股香味先钻进你的鼻孔，
百般地诱惑着你；其次那味道真好，是厚的，但还是轻
松，是一种感觉上的浓厚，一点不腻滞。可惜重庆水太
重浊，常常泡坏了茶叶。尤其可惜的是逢到阴雨天，工
友取茶时，没有将铁罐闭紧，竟致使全罐茶叶发了霉，
真气得我发昏。

泡茶的水要纯洁第一，而重庆的水却是泥浊，永
远不出好茶。我到南泉王新甫家里才喝到清纯的泉水，
注在杯子里，那是水晶；放了茶叶后，便是一块绿色的
水晶，真美极了，可惜茶叶还是不好。在唐家沱同乡柴
小姐那里也尝到好水。茶叶是本地沱茶，四川沱茶是不
坏，但只是不坏而已。

"重庆茶馆的多，好比巴黎的咖啡店"，我初到重

庆时，朋友就这样告诉我。我在城里城外观光时，真是五步一茶店，十步一茶馆，而且家家茶馆都有生意，高朋满座。

摆龙门阵——瞎谈天的术语，是产自重庆，而摆龙门阵最好的地盘，自然就是茶馆。茶馆里大多是放着躺椅，或者用白帆布做的，或者用竹子做的。茶客躺在那儿，多舒服。如果和朋友们聊天到口干了，身边茶几上就是一碗清茶，顺手取来解渴，润润喉咙。

茶馆大都带卖瓜子、花生、香烟，还有小贩不时来叫卖糖果，还有报贩，还有擦皮鞋的。进进出出，川流不息。躺在椅子上茶客无聊时便叫茶房拿盆瓜子吃吃，或者叫小贩敲下一点麦芽糖来甜甜嘴巴。识字的等报贩来，买份报纸看看国家大事。

茶馆拥有经常去喝茶的老茶客，或者是早上的，或者是中午的，或者是晚间的。早上的老茶客大抵一起身就到茶馆，喝杯清茶外加吃点点心。茶已喝饱，点心吃过，然后回去，不知回去做什么。中午的茶客，大都是吃过午饭去的。中饭后小睡是重庆流行的风气，在家里或者因为人多，他们便去坐茶馆，因为这时茶馆比较清闲，他们喝了几杯茶，便躺椅上小睡，睡了一二小时，然后去办公厅工作。晚上的老茶客，大抵是晚饭后去的，他们是去茶馆聊天的，上至世界大事，下至臭虫白虱，无所不谈。谈到茶馆快要闭门，才陆续回去睡觉。

除开此种老茶客之外，偶然的茶客也是有的。因为路走得多了，便借茶馆来休息一下；或者要赶车子，时间未到，车子未来，便在茶馆等候一下；或者因有什么事务密谈，便约在茶馆相叙。

茶馆，不仅是在重庆，在任何一个地方，总是个乐园。在那儿一边放纵，一切自由，仿佛从严酷的人生下解放了一小时，仿佛从无情的社会压迫下逃避了一回，享受着闲适的趣致。

我对于坐茶馆是没有什么好感的，但也没有什么恶感。在不讲工作效率，舒余闲适惯了的社会里，中国茶馆的存在是有其必然理由的。既然有存在的必然理由，便对于茶馆无好恶之可言，应当从更深处去着想了。

一个没有工作的人，而又无可以安居的房间，又无公园之类的场所，闲着的身体无处安排，除了坐茶馆外，请问还能做些什么呢？

争取时间诚然不易，而耗去时间何尝容易呢？要浪费生命，预支年岁，极短时间享受多年的幸福是有条件的，不是任何人能做到的。即如打麻将是杀时间的一法，可是打麻将要有赌本，没有赌本便无从借麻将来杀时间。茶馆中去坐坐，真正是最廉价的杀去时间的方法。

在破落不堪的社会制度下，在冷酷无情、唯利是图的"人鼠之间"的城市中，借茶馆作为避难所，争取一二小时的安慰，我们还有什么理由来谴责呢？

人人有向上的意思，而无自甘下流的。下流的社会才逼迫人下流。人人有爱好清洁的心，而无自愿污秽的，只有那污秽的环境才叫人污秽而不自觉。虽则不能因噎而废食，但攻击茶馆是不合理而且无效的。

我到重庆后，曾有一个短时期，因为一切工作的必需品都没有，又无生活的必需品，百分之百无聊中，便也去坐茶馆。在茶馆中望望街上来往的行人车马，或者瞭望江中的风帆与屋顶田地，将寂寞苦闷暂时赶走了，虽则并未得到一丝一毫的快乐，但至少在这一二小时里也没有任何的不快。

从无聊消磨时光方面说来，坐茶馆是为害最小的了。扑克、麻将、抽大烟等等，那为害之大，真是一言难尽了。我不是为茶馆作辩护，茶馆有其必然存在的理由，用不着我来辩护。我只是为坐茶馆的人说法，用不到坐茶馆的人不知坐茶馆人的心境，虽则坐过茶馆而从未反省的人也不知道坐茶馆的心境。

有人说中国茶馆等于外国的咖啡店。但是坐茶馆的心境与坐咖啡店的心境是全然不同的。前者是无聊的消遣，后者是业余的休息哪！

喝咖啡自然也是一种嗜好。炒咖啡时那一种强烈的香味，是最诱惑人的。上海霞飞路上有家出卖咖啡的商店，老是放射那咖啡香味刺激行人，叫你一走到这家商店左右，立刻想咖啡喝，就到它那里去买一二磅的芬芳的咖啡。朋辈中间，有不少喝咖啡的专家，像华林先生就是一个。他亲自烧咖啡，水泡得很开，咖啡完全泡透，不留一点余味。我到重庆后，蒙他叫我到中国文艺社讲过话，承他特别优待，将其秘藏的珍爱的没有启盖的一罐 SW 咖啡牺牲。凡到会的人都有一小杯。在重庆禁止喝咖啡的严令下，能得喝下这杯咖啡，实在是走运。后来在同乡丁趾祥兄处又吃到了他所秘藏的 SW 咖啡。后来在一个公务员的家里，又吃到了 SW 咖啡。我是与其吃咖啡还不如吃好茶的，但物以稀为贵，在上海战时只有喝 CPC 的咖啡，无 SW 牌子的了，到重庆后反而得着，自然最高兴不过的。还有位马宗融先生，他的喝咖啡癖是从巴黎带回的。他在北平教书，据说还是天天在烧咖啡喝。

咖啡是一种常青树的种子。这种咖啡树是生长在热带区域，高的有二三丈，短的只齐到腰部。叶子像桂花，小而白，果像红莓苔子，中间有子二三粒，那不是咖啡，咖啡是半丸形，两粒背合，成为圆形，如桐子那么大小。果肉是甜的，但世人所喜欢吃其子，而不喜其果。

据说咖啡最初发现于阿比西尼的"加法"，因其地而名，后传为咖啡云。后来有人将咖啡传到阿拉伯去栽种，大告成功，那就是现在著名的"木却咖啡"。到十七世纪末，又移栽于爪哇，于是热带区域都有咖啡树了。

近赤道或南或北约三十纬度的区域，如果温度终年在五十度以上，咖啡也能生长结实，不过不能如近赤道的那么好了。咖啡最怕浓霜，经霜一染，咖啡即死；酷热虽不致咖啡于死命，但能阻滞其发育。所以种咖啡，以沿海、山麓二处为最宜，因为气候常常可以得中和。

全世界最大的咖啡的仓库是南美洲的巴西。那里所产的咖啡量占全世界产量的三分之一，而全世界产量是二千三百余万磅左右。在世界经济不景气的年代，巴西曾建议把咖啡当作柴烧的。上面我所说过的CPC咖啡，是一个华侨所经营的。听说是巴西华侨，在上海静安寺路西端，开设一家美国式咖啡店。店中放几张很干净的桌椅，顾客去买咖啡时，最初可以免费得饮咖啡一杯。那杯咖啡是在柜台上当场煮成的，所以又香又热。后来CPC牌子已经打出，免费喝咖啡的制度便即取消，而我们还可以去喝的，只要付钞。

咖啡的培栽很不容易，手续很繁。据说种子须播于特设的播种园内，等到苗长成数寸后才移种于山上，每本须用盆来保护，而盆上蒙以树叶，因为恐怕日光太强而致新苗枯死。等到四年之后，树才长大而能结实。像我们中国这种温带地方，七八月之交，正将入秋令，而在热带，则正是春季，百草怒发，万木萌生。到温带仲冬之时，咖啡树开花了，一片片白色恰像北平西山大觉寺的杏林，微风吹来，芬芳触鼻，令人心醉。到四五月时，咖啡果熟，作红色，累累如樱桃。农人便从事于采果工作，咖啡经送入工厂去肉留仁。此种咖啡一经焙制，便可煮饮。

世界上喝咖啡最多的，不是法国人，而是美国人。据说美国人每年购咖啡所费的钱，要达九十万万金元，二倍于法国，四五倍于比奥英荷，而美国每年每人所需的咖啡量，要十二磅多云云。

喝咖啡的习惯传入我国大抵在五口通商之后，因为我国大多饮茶，不必咖啡，至今如此。关于咖啡，也多笑话，我在东京曾听见神田町一家咖啡饮食店的一个笑话。据说那家咖啡店有若干时候，每天待收市之后，将所存余的咖啡茶送给附近的工人喝。工人因为白吃咖啡，自然天天享受，可是工厂里，发现工人做工时都是没精神，一点不起劲，然而工人平日的行为又都是个个中规中矩。工厂管理人几经调查，总找不出工人颓丧的原因来。后来发现工人都在咖啡店里白喝咖啡，尽量地喝，喝得那么多，以致每个白喝咖啡的工人夜夜失眠了，于是白天工作便毫无精神。工厂主人便跑到法庭控告咖啡店企图谋害工人，而致工厂大受损失。但咖啡店的免费赠饮咖啡，也不知道会闹出很大的笑话，当然不肯担当谋害工人的存心的。后来那家咖啡店停止赠喝才了结。

　　咖啡和茶这两种饮料，原来都有兴奋的作用，从好的方面说，服后能减少疲劳，使神志清晰，加强脑力与体力，增加血压而觉得温暖；从坏的方面说，则易失眠或神经过敏，头痛，心悸及间歇状态。消化不良或便秘等疾，也有原因于饮茶或咖啡的过量。

喝 茶

——鲁 迅

某公司又在廉价了，去买了二两好茶叶，每两洋二角。开首泡了一壶，怕它冷得快，用棉袄包起来，却不料郑重其事地来喝的时候，味道竟和我一向喝着的粗茶差不多，颜色也很重浊。

　　我知道这是自己错误了，喝好茶，是要用盖碗的，于是用盖碗。果然，泡了之后，色清而味甘，微香而小苦，确是好茶叶。但这是须在静坐无为的时候的，当我正写着《吃教》的中途，拉来一喝，那好味道竟又不知不觉地滑过去，像喝着粗茶一样了。

　　有好茶喝，会喝好茶，是一种"清福"。不过要享这"清福"，首先就须有工夫，其次是练习出来的特别的感觉。由这一极琐屑的经验，我想，假使是一个使用筋力的工人，在喉干欲裂的时候，那么，即使给他龙井芽茶，珠兰窨片，恐怕他喝起来也未必觉得和热水有什么大区别罢。所谓"秋思"，其实也是这样的，骚人墨客，会觉得什么"悲哉秋之为气也"，风雨阴晴，都给他一种刺戟，一方面也就是一种"清福"，但在老农，却只知道每年的此际，就要割稻而已。

于是有人以为这种细腻锐敏的感觉，当然不属于粗人，这是上等人的牌号。然而我恐怕也正是这牌号就要倒闭的先声。我们有痛觉，一方面是使我们受苦的，而另一方面也使我们能够自卫。假如没有，则即使背上被人刺了一尖刀，也将茫无知觉，直到血尽倒地，自己还不明白为什么倒地。但这痛觉如果细腻锐敏起来呢，则不但衣服上有一根小刺就觉得，连衣服上的接缝、线结、布毛都要觉得，倘不穿"无缝天衣"，他便要终日如芒刺在身，活不下去了。但假装锐敏的，自然不在此例。

感觉的细腻和锐敏，较之麻木，那当然算是进步的，然而以有助于生命的进化为限。如果不相干，甚而至于有碍，那就是进化中的病态，不久就要收梢。我们试将享清福、抱秋心的雅人，和破衣粗食的粗人一比较，就明白究竟是谁活得下去。喝过茶，望着秋天，我于是想：不识好茶，没有秋思，倒也罢了。

养花

——老舍

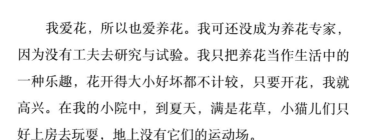

　　我爱花，所以也爱养花。我可还没成为养花专家，因为没有工夫去研究与试验。我只把养花当作生活中的一种乐趣，花开得大小好坏都不计较，只要开花，我就高兴。在我的小院中，到夏天，满是花草，小猫儿们只好上房去玩耍，地上没有它们的运动场。

　　花虽多，但无奇花异草。珍贵的花草不易养活，看着一棵好花生病欲死是件难过的事。我不愿时时落泪。北京的气候，对养花来说，不算很好。冬天冷，春天多风，夏天不是干旱就是大雨倾盆；秋天最好，可是忽然会闹霜冻。在这种气候里，想把南方的好花养活，我还没有那么大的本事。因此，我只养些好种易活、自己会奋斗的花草。

　　不过，尽管花草自己会奋斗，我若置之不理，任其自生自灭，它们多数还是会死了的。我得天天照管它们，像好朋友似的关切它们。一来二去，我摸着一些门道：有的喜阴，就别放在太阳地里；有的喜干，就别多浇水。这是个乐趣，摸住门道，花草养活了，而且三年五载老活着、开花，多么有意思呀！不是乱吹，这就是知识呀！多得些知识，一定不是坏事。

我不是有腿病吗，不但不利于行，也不利于久坐。我不知道花草们受我的照顾，感谢我不感谢；我可得感谢它们。在我工作的时候，我总是写了几十个字，就到院中去看看，浇浇这棵，搬搬那盆，然后回到屋中再写一点，然后再出去，如此循环，把脑力劳动与体力劳动结合到一起，有益身心，胜于吃药。要是赶上狂风暴雨或天气突变哪，就得全家动员，抢救花草，十分紧张。几百盆花，都要很快地抢到屋里去，使人腰酸腿疼，热汗直流。第二天，天气好转，又得把花儿都搬出去，就又一次腰酸腿疼，热汗直流。可是，这多么有意思呀！不劳动，连棵花儿也养不活，这难道不是真理么？

送牛奶的同志，进门就夸"好香"！这使我们全家都感到骄傲。赶到昙花开放的时候，约几位朋友来看看，更有秉烛夜游的神气——昙花总在夜里放蕊。花儿分根了，一棵分为数棵，就赠给朋友们一些；看着友人拿走自己的劳动果实，心里自然特别喜欢。

当然，也有伤心的时候，今年夏天就有这么一回。三百株菊秧还在地上（没到移入盆中的时候），下了暴雨。邻家的墙倒了下来，菊秧被砸死三十多种，一百多棵！全家都几天没有笑容！

有喜有忧，有笑有泪，有花有实，有香有色，既须劳动，又长见识，这就是养花的乐趣。

用心寻找那个词

描述，就是用文字来画画。 通过文字的描述，读者会在头脑中产生画面感，让他们仿佛身临其境、感同身受。生动传神的描述是通过两个手段实现的，除了提供丰富的感官细节之外，我们还要用精准形象的语言表述出来。

法国文学巨匠福楼拜说过，不论一个作家所要描写的东西是什么，只有一个名词可供他使用，只有一个动词能使对象生动，只有一个形容词能使对象的性质鲜明。因此就得用心去寻找，直至找到那一个名词、那一个动词和那一个形容词。他所强调的就是锤炼字词的重要性。我国自古也有"**炼字**"的传统，诗人卢延让有"吟安一个字，捻断数茎须"的精神，文豪欧阳修有"求得一字稳，耐褥五更寒"的豪情，诗圣杜甫更是发出了"语不惊人死不休"的誓言。所有的文学大师都在用心寻找那一个最精准、最贴切、最形象生动的词来描摹事物，来传情达意。

试以李广田先生的名篇《到橘子林去》为例，我们来细细体味大师的用词。"今天，真是一切都明亮了起来，活跃了起来，一切都仿佛在一长串的噩梦中忽然睁开了大眼睛，石头道上的水洼子被阳光照着，像一面面的镜子，女人头上的金属饰物随着她们的脚步一明一灭；挑煤炭的出了满头大汗，脱了帽子，就冒出一大片蒸气，而汗水被阳光照得一闪一闪的。天空自然是蓝的了，一个小孩子仰脸看天，也许是看一只鸽子。两行小牙齿放着白光，真是好看。"你看，这些不过是街景里的寻常事物——地上的水注、女人、挑夫和孩子，但是通过作者精心地斟词酌句，就是这么生动贴切，活泼精妙，让人感觉到明亮明快，心绪昂扬。

像大师那样去写作吧，用心寻找那个词，它会为你的作品增色点睛！

——密斯於

到橘子林去

——李广田

小孩子的记忆力真是特别好，尤其是关于她特别有兴趣的事情，她总会牢牢地记着，到了适当的机会她就会把过去的事来问你，提醒你，虽然你当时确实说过了，但是随便说说的，而且早已经忘了。

　　"爸爸，你领我去看橘子林吧，橘子熟了，满树上是金黄的橘子。"

　　今天，小岫忽然向我这样说，我稍稍迟疑了一会儿，还不等回她，她就又抢着说了：

　　"你看，今天是晴天，橘子一定都熟了，爸爸说过领我去看的。"

　　我这才想起来了，那是很多天以前的事情，我曾领她到西郊去。那里满坑满谷都是橘子，但那时橘子还是绿的，藏在绿叶中间，简直看不出来，因此我费了很多力气才能指点给她看，并说："你看，那不是一个，两个，嗬，多得很，圆圆的，还不熟，和叶子一样颜色，不容易看清呢。"她自然也看见了，但她并不觉得好玩，只是说："这些橘子几时才能熟呢？"于是我告诉她再过多少天就熟了，而且顺口编一个小故事，说一个小孩做一个梦，他在月光中出来玩耍，不知道橘子是橘子，却认为是一树树的星，一树树的灯了，他大胆地攀到树上摘下一个星来，或是摘下一盏灯来，嗬，奇怪呀，却是蜜甜蜜甜的，怪好吃。最后，我说："等着吧，等橘子熟了，等一个晴天的日子，我就领你来看看了。"这地方阴雨的日子真是太多，偶然有一次晴天，就令人觉得非常稀罕，简直觉得这一日不能随便放过，不能再像阴雨天那样子待在屋子里发霉，我想小孩子对于这一点也该是敏感的，于是她就这样问我了。去吗，那当然是要去，并不是为了那一言的然诺，却是为了这一股子好兴致。不过我多少有点担心，我后悔当时不该为了故意使她喜欢而编造那么一个近于荒唐的故事，这类故事总是最容易费她那小脑筋的。我们曾有过不止一次的经验，譬如我有一次讲一个小燕的故事，我说那些小燕的母亲飞到郊外去觅食，不幸被一个牧羊的孩子一鞭打死了，几个小燕便在窝里吱吱地叫着，等母亲回来，但是母亲永不回来了。这故事的结果是把她惹哭了，而且哭得很伤心。当时她母亲不在家，母亲回来了，她就用力地抱着母亲的脖子大哭起来，夜里做梦还又因此哭了一次。这次当然并不会使她伤心，但扫兴总是难免的，也许那些橘子还不熟，也许熟了还没有变成金黄色，也许都是全黄的了，然而并不多，有的已被摘落了。而且，即使满树是金黄的果子，那还有什么了不起呢，那不是星，也不是灯，她也不能在梦里去摘它们。但无论如何，我们还是去了，而且她是跳着唱着地跟我同去了。

我们走到了大街上。今天，真是一切都明亮了起来，活跃了起来，一切都仿佛在一长串的噩梦中忽然睁开了大眼睛，石头道上的水洼子被阳光照着，像一面面的镜子，女人头上的金属饰物随着她们的脚步一明一灭；挑煤炭的出了满头大汗，脱了帽子，就冒出一大片蒸气，而汗水被阳光照得一闪一闪的。天空自然是蓝的了，一个小孩子仰脸看天，也许是看一只鸽子。两行小牙齿放着白光，真是好看。小岫自然是更高兴的，别人的高兴就会使她高兴，别人的笑声就会引起她的笑声。可是她可并没有像我一样关心到这些街头的景象。她丝毫没有驻足而稍事徘徊的意思，她的小手一直拉着我向前走，她心里一定是只想着到橘子林去。

走出城，人家稀少了，景象也就更宽阔了，也听到好多地方的流水声了，看不到洗衣人，却听到洗衣人的杵击声，而那一片山，那红崖，那岩石的纹理，层层叠叠，甚至是方方正正的，仿佛是由人工所垒成，没有云，也没有雾，崖面上为太阳照出一种奇奇怪怪的颜色，真像一架金碧辉煌的屏风，还有瀑布，看起来像一丝丝银线一样在半山里飞溅，叫人感到多少清清冷冷的意思。道路两旁呢，大半是荒草埋荒冢，那些荒冢有些是塌陷了的，上次来看，就看见一些朽烂的棺木，混着泥土的枯骨，现在却都在水中了，水面上有些披清绿草的隆起，有些地方就只露着一片绿色的草叶尖端，尖端上的阳光照得特别闪眼。我看着眼前这些景物，虽然手里还握着一只温嫩的小胖手，却几乎忘掉了我的小游伴。而她呢，她也并不扰乱我，她只是一跳一跳地走着，偶尔也发出几句莫名其妙的歌声。我想，她不会关心到眼前这些景物的，她心里大概只想着到橘子林去。

远远地看见一大片浓绿，我知道橘子林已经在望了，然而我们却忽然停了下来，不是我要停下来，而是她要停下来，眼前的一个故事把她吸引住了。

是在一堆破烂茅屋的前面，两个赶大车的人在给一匹马修理蹄子。

是赶大车的？一点也不错。我认识他们，并不是我同他们之中任何一个发生过任何关系，我只是认识他们是属于这一种职业的人，而且他们还都是北方人，都是我的乡亲。红褐色的脸膛上又加上天长日久的风尘，笃实的性子里又加上丰富的生活经验，或者只是说在大道上奔波的经验。他们终年奔波，从多雪的地带，到四季如春的地带。他们时常叫我感到那样子的可亲近，可信任。我有一个时候顺着一条公路从北方到南方来，我一路上都遇到他们。他们时常在极其荒落的地方住下来，在小城的外面，在小村的旁边，有时就在山旁，在中途。他们喜欢点燃一把篝火，也烤火取暖，也架锅煮饭。他们把多少辆大车凑拢起来，把马匹拴在中间，而他们自己就裹了老羊皮外套在车辕下面睡觉。这情形叫我想起古代战车的宿营，又叫我想起一个旧俄作家的一篇关于车夫的故事，如果能同他们睡在一起听听他们自己的故事该是很有趣的。我想他们现在该有些新鲜故事可讲了。因为他们走的这条大道是抗战以来才开辟的，他们把内地的货物运到边疆上出口，又把外边的货物运到内地，他们给抗战尽了不少力量，"无论到什么地方都遇到你们啊，老乡！"我心里有这么一句话，我当然不曾出口，假如说出口来就算冒昧了吧！我们北方人是不喜欢随便同别人打招呼的，何况他们两个正在忙着，他们一心一意地"对付"那匹马。对付？怎么说是对付呢？马匹之于马夫——家里人、老朋友、旅伴、患难之交，那种感情我还不能完全把握得到，我不知道应当如何说出来。不过我知道"对付"两个字是不对的，不是"对付"，是抚慰，是恩爱，是商量它，体贴它。你看，那匹马老老实实地站着，不必拴，也不必笼，它的一对富有感情的眼睛几乎闭起来了，两个小巧的耳朵不是竖着，而是微微向后掀着，它的鼻子里还发出一些快慰的喘息，因为它在它主人的手掌下确是感到了快慰的。那个人，它的主人之一，一手按在它的鼻梁上，是轻轻地按着，而不是紧紧地按着，而另一只手，就在梳理它的鬃毛，正如一个母亲的手在抚弄着小儿女的柔发。不但如此，我想这个好牲口，它一定心里在想：我的大哥——应当怎样说呢？我不愿说"主人"两个字，因为一说到"主人"便想到"奴隶"。我们北方人在朋友中间总喜欢叫大哥，我想就让这个牲口也这样想——我的大哥给我修理蹄子，我们走的路太远了，而且又多是山路，我的蹄子最容易坏，铁掌也很容易脱；慢慢地修吧，修好了，我们就上路，我也很怀念北方的风沙呢，我的蹄子不好，走不得路，你们哥儿俩也是麻烦，是不是？慢慢地修，不错，他正在给你慢慢地修哩。他，那两人之中的另一个，他一点也不慌忙，他的性子在这长期的奔波中磨炼得很柔了，可也很坚了。他搬起一个蹄子来，先上下四周抚弄一下，再前后左右仔细端详一番，然后就用了一把锐利的刀子在蹄子的周围修理着。不必惊讶，我想这把刀子他们也用以切肉切菜切果子的，有时还要割裂皮套或麻绳的，他们就是这样子的。他用刀子削一阵，又在那蹄子中心剜钻一阵，把那蹄子中心所藏的砂石泥土以及畜粪之类的污垢给剔剥了出来。轻快呀，这真是轻快呀，我有那一匹马用了新修的蹄子跑在平坦的马路上的感觉，我为那一匹牲口预感到一种飞扬的快乐……我这样想着，看着，看着，又想着，却不过只是顷刻之间的事情，猛一惊醒，才知道小岫的手掌早已从我的掌握中脱开了，我低头一看，却正看见她把她的小手掌偷偷地抬起来注视了一下，我说她是偷偷的，一点也不错，因为她一发觉我也在看她的手时，她赶快把手放下了。这一来却更惹起了我的注意，我不惊动她，我当然还是在看着那个人在给马修蹄子。可是我却不时用眼角窥视一下她的举动。果然，我又看见了，她是在看她自己的小指甲。而且我也看见，她的小指甲是相当长的，而且也颇污秽了，每一个小指甲里都藏着一点黑色的东西。

我不愿再提起到橘子林去的事，我知道小岫对眼前这件事看得入神了，我不愿用任何言语扰乱她，我看她将要看到什么时候为止。

赶马车的人把那一只马蹄子修好了，然后又丁丁地钉着铁掌。钉完了铁掌，便把马蹄子放下了。显然，这已是最后一个蹄子了，假如这是第一个蹄子，我就担心小岫将一直看到四个蹄子都修完了才会走开。现在，那匹马把整个身子抖擞了一下，我说那简直就是说一声谢谢，或者是故意调皮一下。赶车的人用爱娇的眼色向四只马蹄端详了一会儿，而那一匹马呢，也徘徊踌躇了一会儿，仿佛在试一试它的脚步，而且是试给两个赶车人看的。然后，人和马，不，是人跟着马，可不是马跟着人，更不是人牵着马，都悠悠然地走了，走到那破烂的茅屋里去了。那茅屋门口挂了一个大木牌，上边写着拙劣的大字："叙永骡车店"。有店就好了，我想，你们也可以少受一些风尘。

"回家。"小岫很坚决地说，而且已经在向后转了。

"回家告诉妈妈：马剪指甲，马不哭，马乖。"她拉着我向回路走。

我心里笑了，我还是没有说什么，我只是跟着她向回路走。

"我的手指甲也长了，回家叫妈妈剪指甲，我不哭，我也乖。"她这么说着，又自己看一看自己的小手。

"对，回家剪指甲，你真乖，你比马还乖。"这次我是不能不说话了，我被她拉着，用相当急促的脚步走着。

"马穿铁鞋，铁鞋钉铁钉，叮当叮当，马不痛。"

"是啊，你有皮鞋，你的皮鞋上也钉铁钉，对不对？"

这时候，太阳已经向西天降落了，红崖的颜色更浓重了些，地上的影子也都扩大了，人们脸上带一点懒散的表情，一天的兴奋过去了，一天的工作完成了，有一些疲乏，可也有一些快乐。许多乡下人陆陆续续地离开城市，手里提着的，携着的，也有只是挑着空担子的，推着空车子的，兜肚里却该是充实的，脸上也有的泛着红光。我们迎着这些下乡去的人们向城里走着，我们都沉默着，小岫不说话，我也不说话，我也不知道她心里在想什么，我也不清楚我所想的是什么。"为什么不再到橘子林去了呢？"我心里有这么一个问题，可是我并不曾说出来，我知道这是不应当再说的。"我不再会看橘子了。"她心里也许有这么一句话，也许并没有，她不说，我也不知道。一口气到了家，刚进大门，小岫就大声地喊了：

"妈妈，我要剪子。"

母亲听见了，就急忙从厨房里走出来，两手面粉，笑着一个极自然的微笑，问道：

"回来了。乖，可看见橘子了？橘子可都熟了？"

"不，妈妈，你给我找剪子来！"

小岫不理妈妈的问话，只拉着妈妈去找剪子。

桃园杂记

——李广田

我的故乡在黄河与清河两流之间。县名齐东，济南府属。土质为白沙壤，宜五谷与棉及落花生等。无山，多树，凡道旁田畔间均广植榆柳。县西境方圆数十里一带，则盛产桃。间有杏，不过于桃树行里添插些隙空而已。世之人只知有"肥桃"而不知尚有"齐东桃"，这应当说是见闻不广的过失，不然，就是先入为主为名声所蔽了。我这样说话，并非卖瓜者不说瓜苦，一味替家乡土产鼓吹，意在使自家人多卖些铜钱过日子，实在是因为年头不好，连家乡的桃树也遭了末运，现在是一年年地逐渐稀少了下去，恰如我多年不回家乡，回去时向人打听幼年时候的伙伴，得到的回答却是某人夭亡某人走失之类，平素从不关心，到此也难免有些黯然了。

　　故乡的桃李，是有着很好的景色的。计算时间，从三月花开时起，至八月拔园时止，差不多占去了半年日子。所谓拔园，就是把最后的桃子也都摘掉。最多也只剩着一种既不美观也少甘美的秋桃，这时候园里的篱笆也已除去，表示已不必再昼夜看守了。最好的时候大概还是春天吧，遍野红花，又恰好有绿柳相衬，早晚烟霞中，罩一片锦绣画图，一些用低矮土屋所组成的小村庄，这时候是恰如其分地显得好看了。到得夏天，有的桃实已届成熟，走在桃园路边，也许于茂密的秀长桃叶间，看见有刚刚点了一滴红唇的桃子，桃的香气，是无论走在什么地方都可以闻到的，尤其当早夜，或雨后。说起雨后，这使我想起布谷，这时候种谷的日子已过，是锄谷的时候了，布谷改声，鸣如"荒谷早锄"，我的故乡人却呼作"光光多锄"。这种鸟以午夜至清晨之间为叫得最勤，再就是雨霁天晴的时候了。叫的时候又仿佛另有一个作吱吱鸣声的在远方呼应，说这是雌雄和唱，也许是真实的事情。这种鸟也好像并无一定的宿处，只常见它们往来于桃树、柳树间，忽地飞起，又且飞且鸣罢了。我永不能忘记的，是这时候的雨后天气，天空也许半阴半晴，有片片灰云在头上移动，禾田上冒着轻轻水汽，桃树、柳树上还带着如烟的湿雾，停了工作的农人又继续着，看守桃园的也不再躲在园屋里。——这时候的每个桃园都已建起了一座临时的小屋，有的用土作为墙壁而以树枝之类作为顶篷，有的则只用芦席作成。守园人则多半是老人或年轻姑娘。他们看桃园，同时又做着种种事情，如绩麻或纺线之类。

落雨的时候则躲在那座小屋内，雨晴之后则出来各处走走，到别家园里找人闲话。孩子们呢，这时候都穿了最简单的衣服在泥道上跑来跑去，唱着歌，和"光光多锄"互相应答，被问的自然是鸟，回答的言语是这样的：

光光多锄，

你在哪里？

我在山后。

你吃什么？

白菜炒肉。

给我点吃？

不够不够。

在大城市里，是不常听到这种鸟声的，但偶一听到，我就立刻被带到了故乡的桃园去，而且这极简单却又最能表现出孩子的快乐的歌唱，也同时很清脆地响在我的耳里。我不听到这种唱答已经有七八年之久了。

今次偶然回到家乡，是多少年唯一能看到桃花的一次，然而使我惊讶的，却是桃花已不再那么多了，有许多桃园都已变成了平坦的农田，这原因我不大明白，问乡里人，则只说这里的土地都已衰老，不能再生新的桃树了。当自己年幼时候，记得桃的种类是颇多的，有各种奇奇怪怪名目，现在仅存的也不过三五种罢了。有些种类是我从未见过的，有些名目也已经被我忘却。大体说来，则应当分作秋桃与接桃两种，秋桃之中没有多大异同，接桃则又可分出许多不同的名色。

秋桃是桃核直接生长起来的桃树，开花最早，而果实成熟则最晚，有的等到秋末大凉时才能上市。这时候其他桃子都已净树，人们都在惋惜着今年不曾再有好的桃子可吃了，于是这种小而多毛，且颇有点酸苦味道的秋桃也成了稀罕东西。接桃则是由生长过两三年的秋桃所接成的。有的是"根接"，把秋桃树干齐地锯掉，以接桃树的嫩枝插在被锯的树根上，再用土培覆起来，生出的幼芽就是接桃了。又有所谓"筐接"，方法和"根接"相同，不过保留了树干，而只锯掉树头罢了，因须用一个盛土的筱筐以保护插了新枝的树干顶端，故曰"筐接"。这种方法是不大容易成功的，假如成功，则可以较速地得到新的果实。另有一种叫作"枝接"，是颇有趣的一种接法：把秋桃枝梢的外皮剥除，再以接桃枝端上拧下来的哨子套在被剥的枝上，用树皮之类把接合处严密捆缚就行了，但必须保留桃枝上的原有芽码，不然，是不会有新的幼芽出生的。因此，一棵秋桃上可以接出许多种接桃，当桃子成熟时，就有各色各样的桃实了。也有人把柳树接作桃树的，据说所生桃实大可如人首，但吃起来则毫无滋味，说者谓如嚼木梨。

按熟的先后为序，据我所知道的，接桃中有下列几种：

"落丝"：当新的蚕丝上市时，落丝桃也就上市了。形椭圆，嘴尖长，味甘微酸。因为在同辈中是最先来到的一种，又因为产量较少之故，价值较高也是当然的了。

"麦匹子"：这是和小麦同时成熟的一种。形圆，色紫，味甚酸，非至全个果实已经熟透而内外皆呈紫色时，酸味是依然如故的。

"大易生"：此为接桃中最易生长而味最甘美的一种，能够和"肥桃"媲美的也就是这一种了。熟时实大而白，只染一个红嘴和一条红线，未熟时甘脆如梨，而清爽适口则为梨所不及，熟透则皮薄多浆，味微如蜜。皮薄是其优点，也是劣点，不能耐久，不能致远，我想也就是因为这个了。

"红易生"：一名"一串绫"，实小，熟时遍体作绛色，产量甚丰，绿枝累累如贯珠。名"一串绫"，乃言如一串红绫绕枝，肉少而味薄，为接桃中之下品。

"大芙蓉"：形浑圆，色全白，故一名"大白桃"，夏末成熟，味甘而淡。又有"小芙蓉"，与此为同种，果实较小，亦曰"小白桃"。

"胭脂雪"：此为接桃中最美观的一种，红如胭脂，白如雪，红白相匀，说者谓如美人颜，味不如"大易生"，而皮厚经久。此为桃类中价值最高者。

"铁巴子"：叶细小，故亦称"小叶子"。"铁巴子"谓其不易摇落，即生摘亦须稍费力气。实小，味甘，现已绝种。另有"齐嘴红"一种，以状得名，不多见。

有一种所谓"磨枝"的，并非桃的另一种类，乃是紧靠着桃枝结果，因之被桃枝磨上了疤痕的桃子，奇怪处是这种桃子特别甘美，为担桃挑的桃贩所不取，但我们园里人则特意在枝叶间探寻"磨枝"来自己享用。为什么这种桃子会特别甘美呢？到现在也还不能明白。另有所谓"桃王"的，我想这大概只是一种传说罢了。据云"桃王"是一种特大的桃子，生在最繁密的枝叶间，长青不老，为一园之王。当然，一个桃园里也就只能有这么一个了。有"桃王"的桃园是幸福的，因为园里的桃子会格外丰美，甚至可以取之不竭。但假如有人把这"桃王"给摘掉了，则全园的桃子也将殒落净尽。这是奇迹，幼年时候每每费尽了工夫去发现"桃王"，但从未发现过一次，也不曾听说谁家桃园里发现过。

桃是我们家乡的重要土产，有些人家是借了桃园来辅助一家生活之所需的。这宗土产的推销有两种方法：一种方法是靠了外乡小贩的运贩，他们每到桃季便肩了挑子在各处桃园里来往；另一种方法，就是靠着流过这地方的那两条河水了。当"大易生"和"胭脂雪"成熟的时候，附近两河的码头上是停泊了许多帆船的，从水路再转上铁路，我们的桃子是被送到其他城市人民的口上去了。我很担心，今后的桃园会变得更冷落，恐怕不会再有那么多吆吆喝喝的肩挑贩，河上的白帆也将更见得稀疏了吧。

端午的鸭蛋

——汪曾祺

家乡的端午，很多风俗和外地一样。系百索子。五色的丝线拧成小绳，系在手腕上。丝线是掉色的，洗脸时沾了水，手腕上就印得红一道绿一道的。做香角子。丝线缠成小粽子，里头装了香面，一个一个串起来，挂在帐钩上。贴五毒。红纸剪成五毒，贴在门槛上。贴符。这符是城隍庙送来的。城隍庙的老道士还是我的寄名干爹，他每年端午节前就派小道士送符来，还有两把小纸扇。符送来了，就贴在堂屋的门楣上。一尺来长的黄色、蓝色的纸条，上面用朱笔画些莫名其妙的道道，这就能辟邪么？喝雄黄酒。用酒和的雄黄在孩子的额头上画一个王字，这是很多地方都有的。有一个风俗不知别处有不：放黄烟子。黄烟子是大小如北方的麻雷子的炮仗，只是里面灌的不是硝药，而是雄黄。点着后不响，只是冒出一股黄烟，能冒好一会儿。把点着的黄烟子丢在橱柜下面，说是可以熏五毒。小孩子点了黄烟子，常把它的一头抵在板壁上写虎字。写黄烟虎字笔画不能断，所以我们那里的孩子都会写草书的"一笔虎"。还有一个风俗，是端午节的午饭要吃"十二红"，就是十二道红颜色的菜。十二红里我只记得有炒红苋菜、油爆虾、咸鸭蛋，其余的都记不清，数不出了。也许十二红只是一个名目，不一定真凑足十二样。不过午饭的菜都是红的，这一点是我没有记错的，而且，苋菜、虾、鸭蛋，一定是有的。这三样，在我的家乡，都不贵，多数人家是吃得起的。

我的家乡是水乡。出鸭。高邮大麻鸭是著名的鸭种。鸭多，鸭蛋也多。高邮人也善于腌鸭蛋。高邮咸鸭蛋于是出了名。我在苏南、浙江，每逢有人问起我的籍贯，回答之后，对方就会肃然起敬："哦！你们那里出咸鸭蛋！"上海的卖腌腊的店铺里也卖咸鸭蛋，必用纸条特别标明："高邮咸蛋"。高邮还出双黄鸭蛋。别处鸭蛋也偶有双黄的，但不如高邮的多，可以成批输出。双黄鸭蛋味道其实无特别处。还不就是个鸭蛋！只是切开之后，里面圆圆的两个黄，使人惊奇不已。我对异乡人称道高邮鸭蛋，是不大高兴的，好像我们那穷地方就出鸭蛋似的！不过高邮的咸鸭蛋确实是好，我走的地方不少，所食鸭蛋多矣，但和我家乡的完全不能相比！曾经沧海难为水，他乡咸鸭蛋，我实在瞧不上。袁枚的《随园食单·小菜单》有"腌蛋"一条。袁子才这个人我不喜欢，他的《食单》好些菜的做法是听来的，他自己并不会做菜。但是《腌蛋》这一条我看后却觉得很亲切，而且"与有荣焉"。文不长，录如下：

> 腌蛋以高邮为佳，颜色细而油多，高文端公最喜食之。席间，先夹取以敬客，放盘中。总宜切开带壳，黄白兼用；不可存黄去白，使味不全，油亦走散。

高邮咸蛋的特点是质细而油多。蛋白柔嫩，不似别处的发干、发粉，入口如嚼石灰。油多尤为别处所不及。鸭蛋的吃法，如袁子才所说，带壳切开，是一种，那是席间待客的办法。平常食用，一般都是敲破"空头"用筷子挖着吃。筷子头一扎下去，吱——红油就冒出来了。高邮咸蛋的黄是通红的。苏北有一道名菜，叫作"朱砂豆腐"，就是用高邮鸭蛋黄炒的豆腐。我在北京吃的咸鸭蛋，蛋黄是浅黄色的，这叫什么咸鸭蛋呢！

端午节，我们那里的孩子兴挂"鸭蛋络子"。头一天，就由姑姑或姐姐用彩色丝线打好了络子。端午一早，鸭蛋煮熟了，由孩子自己去挑一个，鸭蛋有什么可挑的呢？有！一要挑淡青壳的。鸭蛋壳有白的和淡青的

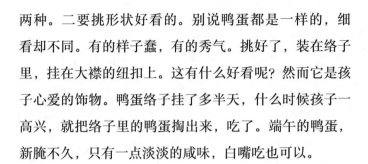

两种。二要挑形状好看的。别说鸭蛋都是一样的，细看却不同。有的样子蠢，有的秀气。挑好了，装在络子里，挂在大襟的纽扣上。这有什么好看呢？然而它是孩子心爱的饰物。鸭蛋络子挂了多半天，什么时候孩子一高兴，就把络子里的鸭蛋掏出来，吃了。端午的鸭蛋，新腌不久，只有一点淡淡的咸味，白嘴吃也可以。

孩子吃鸭蛋是很小心的。除了敲去空头，不把蛋壳碰破。蛋黄蛋白吃光了，用清水把鸭蛋壳里面洗净，晚上捉了萤火虫来，装在蛋壳里，空头的地方糊一层薄罗。萤火虫在鸭蛋壳里一闪一闪地亮，好看极了！

小时读囊萤映雪的故事，觉得东晋的车胤用练囊盛了几十只萤火虫，照了读书，还不如用鸭蛋壳来装萤火虫。不过用萤火虫照亮来读书，而且一夜读到天亮，这能行么？车胤读的是手写的卷子，字大，若是读现在的新五号字，大概是不行的。

忆儿时

——丰子恺

一

我回忆儿时，有三件不能忘却的事。

第一件是养蚕。那是我五六岁时，我祖母在世的
事。我祖母是一个豪爽而善于享乐的人，良辰佳节不肯
轻轻放过。养蚕也每年大规模地举行。其实，我长大后
才晓得，祖母的养蚕并非专为图利，叶贵的年头常要蚀
本，然而她喜欢这暮春的点缀，故每年大规模地举行。
我所喜欢的，最初是蚕落地铺。那时我们的三开间的厅
上、地上统是蚕，架着经纬的跳板，以便通行及饲叶。
蒋五伯挑了担到地里去采叶，我与诸姐跟了去，去吃
桑葚。蚕落地铺的时候，桑葚已很紫而甜了，比杨梅好
吃得多。我们吃饱之后，又用一张大叶做一只碗，采了
一碗桑葚，跟了蒋五伯回来。蒋五伯饲蚕，我就以走跳
板为戏乐，常常失足翻落地铺里，压死许多蚕宝宝。祖
母忙喊蒋五伯抱我起来，不许我再走。然而这满屋的跳

板，像棋盘街一样，又很低，走起来一点也不怕，真是有趣。这真是一年一度的难得的乐事！所以虽然祖母禁止，我总是每天要去走。

蚕上山之后，全家静静守护，那时不许小孩子们吵了，我暂时感到沉闷。然而过了几天，采茧，做丝，热闹的空气又浓起来了。我们每年照例请牛桥头七娘娘来做丝。蒋五伯每天买枇杷和软糕来给采茧、做丝、烧火的人吃。大家认为现在是辛苦而有希望的时候，应该享受这点心，都不客气地取食。我也无功受禄地天天吃多量的枇杷与软糕，这又是乐事。

七娘娘做丝休息的时候，捧了水烟筒，伸出她左手上的短少半段的小指给我看，对我说：做丝的时候，丝车后面，是万万不可走近去的。她的小指，便是小时候不留心被丝车轴棒轧脱的。她又说："小囡囡不可走近丝车后面去，只管坐在我身旁，吃枇杷，吃软糕。还有做丝做出来的蚕蛹，叫妈妈拿油炒一炒，真好吃哩！"然而我始终不要吃蚕蛹，大概是我爸爸和诸姐都不要吃的缘故。我所乐的，只是那时候家里非常好的空气。日常固定不动的堂窗、长台、八仙椅子，都收拾去，而变成不常见的丝车、匾、缸。又不断地公然地可以吃小食。

丝做好后，蒋五伯口中唱着"要吃枇杷，来年蚕罢"，收拾丝车，恢复一切陈设，我感到一种兴尽的寂寥。然而对于这种变换，倒也觉得新奇而有趣。

现在我回忆这儿时的事，常常使我神往！祖母、蒋五伯、七娘娘和诸姐都像童话里、戏剧里的人物了。且在我看来，他们当时这剧的主人公便是我。何等甜美的回忆！只是这剧的题材，现在我仔细想想觉得不好：养蚕做丝，在生计上原是幸福的，然其本身是对数万的生灵的杀虐！《西青散记》里面有两句仙人的诗句："自织藕丝衫子嫩，可怜辛苦赦春蚕。"安得人间也发明织藕丝的丝车，而尽赦天下的春蚕的性命！

我七岁上祖母死了，我家不复养蚕。不久父亲与诸姐弟相继死亡，家道衰落了，我幸福的儿时也过去了。因此这回忆一面使我永远神往，一面又使我永远忏悔。

二

第二件不能忘却的事，是父亲的中秋赏月，而赏月之乐的中心，在于吃蟹。

我的父亲中了举人之后，科举就废，他无事在家，每天吃酒，看书。他不要吃羊、牛、猪肉，而喜欢吃鱼、虾之类。而对于蟹，尤其喜欢。自七八月起直到冬天，父亲平日的晚酌规定吃一只蟹，一碗隔壁豆腐店里买来的开锅热豆腐干。他的晚酌，时间总在黄昏。八仙桌上一盏洋油灯，一把紫砂酒壶，一只盛热豆腐干的碎瓷盖碗，一把水烟筒，一本书，桌子角上一只端坐的老猫，我脑中这印象非常深刻，到现在还可以清楚地浮现出来。我在旁边看，有时他给我一只蟹脚或半块豆腐干。然我喜欢蟹脚。蟹的味道真好，我们五个姊妹兄弟，都喜欢吃，也是因为父亲喜欢吃。只有母亲与我们相反，喜欢吃肉，而不喜欢又不会吃蟹，吃的时候常常被蟹螯上的刺刺开手指，出血；而且抉剔得很不干净，父亲常常说她是外行。父亲说：吃蟹是风雅的事，吃法也要内行、懂得。先折蟹脚，后开蟹斗……脚上的拳头（即关节）里的肉怎样可以吃干净，脐里的肉怎样可以剔出……脚爪可以当作剔肉的针……蟹螯上的骨头可以拼成一只很好看的蝴蝶……父亲吃蟹真是内行，吃得非常干净。所以陈妈妈说："老爷吃下来的蟹壳，真是蟹壳。"

蟹的储藏所，就在天井角落里的缸里，经常总养着十来只。到了七夕、七月半、中秋、重阳等节候上，缸里的蟹就满了，那时我们都有得吃，而且每人得吃一大只，或一只半。尤其是中秋一天，兴致更浓。在深黄昏，移桌子到隔壁的白场（白场，意即家门前的空地，是作者家乡方言。）上的月光下面去吃。更深人静，明月底下只有我们一家的人，恰好围成一桌，此外只有一个供差使的红英坐在旁边。大家谈话，看月亮，他们——父亲和诸姐——直到月落时光，我则半途睡去，与父亲和诸姐不分而散。

这原是为了父亲嗜蟹，以吃蟹为中心而举行的。故这种夜宴，不仅限于中秋，有蟹的节季里的月夜，无端也要举行数次。不过不是良辰佳节，我们少吃一点，有时两人分吃一只。我们都学父亲，剥得很精细，剥出来的肉不是立刻吃的，都积受在蟹斗里，剥完之后，放一点姜醋，拌一拌，就作为下饭的菜，此外没有别的菜了。因为父亲吃菜是很省的，而且他说蟹是至味，吃蟹时混吃别的菜肴，是乏味的。我们也学他，半蟹斗的蟹肉，过两碗饭还有余，就可得父亲的称赞，又可以白口吃下余多的蟹肉，所以大家都勉励节省。现在回想那时候，半条蟹腿肉要过两大口饭，这滋味真好！自父亲死了以后，我不曾再尝这种好滋味。现在，我已经自己做父亲，况且已经茹素，当然永远不会再尝这滋味了。

唉！儿时欢乐，何等使我神往！

然而这一剧的题材，仍是生灵的杀虐！因此这回忆一面使我永远神往，一面又使我永远忏悔。

三

第三件不能忘却的事，是与隔壁豆腐店里的王囝囝的交游，而这交游的中心，在于钓鱼。

那是我十二三岁时的事。隔壁豆腐店里的王囝囝是当时我的小侣伴中的大阿哥。他是独子，他的母亲、祖母和大伯，都很疼爱他，给他很多的钱和玩具，而且每天放任他在外游玩。他家与我家贴邻而居。我家的人们每天赴市，必须经过他家豆腐店的门口，两家的人们朝夕相见，互相来往。小孩们也朝夕相见，互相来往。此外他家对于我家似乎还有一种邻人以上的深切的交谊，故他家的人对于我特别要好，他的祖母常常拿自产的豆腐干、豆腐衣等来送给我父亲下酒。同时在小侣伴中，王囝囝也特别和我要好。他的年纪比我大，气力比我好，生活比我丰富，我们一道游玩的时候，他时时引导我，照顾我，犹似长兄对于幼弟。我们有时就在我家的染坊店里的榻上玩耍，有时相偕出游。他的祖母每次看见我俩一同玩耍，必叮嘱囡囡好好看待我，勿要相骂。我听人说，他家似乎曾经患难，而我父亲曾经帮他们忙，所以他家大人们吩咐王囡囡照应我。

我起初不会钓鱼，是王囡囡教我的。他叫他大伯买两副钓竿，一副送我，一副他自己用。他在米桶里去捉许多米虫，浸在盛水的罐头里，领了我到木场桥头去钓鱼。他教给我看，先捉起一个米虫来，把钓钩由虫尾穿进，直穿到头部。然后放下水去。他又说："浮珠一动，你要立刻拉，那么钩子钩住鱼的颚，鱼就逃不脱。"我照他所教的试验，果然第一天钓了十几头白条，然而都是他帮我拉钓竿的。

第二天，他手里拿了半罐头扑杀的苍蝇，又来约我去钓鱼。途中他对我说："不一定是米虫，用苍蝇钓鱼更好。鱼喜欢吃苍蝇！"这一天我们钓了一小桶各种鱼。回家的时候，他把鱼桶送到我家里，说他不要。我母亲就叫红英去煎一煎，给我下晚饭。

自此以后，我只管欢喜钓鱼。不一定要王囡囡陪去，自己一人也去钓，又学得了掘蚯蚓来钓鱼的方法。而且钓来的鱼，不仅够自己下晚饭，还可送给店里的人吃，或给猫吃。我记得这时候我的热心钓鱼，不仅出于游戏欲，又有几分功利的兴味在内。有三四个夏季，我热心于钓鱼，给母亲省了不少的菜蔬钱。

后来我长大了，赴他乡入学，不复有钓鱼的工夫。但在书中常常读到赞咏钓鱼的文句，例如什么"独钓寒江雪"，什么"渔樵度此身"，才知道钓鱼原来是很风雅的事。后来又晓得有所谓"游钓之地"的美名称，是形容人的故乡的。我大受其煽惑，为之大发牢骚：我想，"钓鱼确是雅的，我的故乡，确是我的游钓之地，确是可怀的故乡"。但是现在想想，不幸而这题材也是生灵的杀虐！

我的黄金时代很短，可怀念的又只有这三件事。不幸而都是杀生取乐，都使我永远忏悔。

故乡的杨梅

——鲁 彦

过完了长期的蛰伏生活，眼看着新黄嫩绿的春天爬上了枯枝，正欣喜着想跑到大自然的怀中，发泄胸中的郁抑，却忽然病了。

唉，忽然病了。

我这粗壮的躯壳，不知道经过了多少炎夏和严冬，被轮船和火车抛掷过多少次海角与天涯，尝受过多少辛劳与艰苦，从来不知道战栗或疲倦的呵，现在却呆木地躺在床上，不能随意转侧了。

尤其是这躯壳内的这一颗心。它历年可是铁一样的。对着眼前的艰苦，它不会畏缩；对着未来的憧憬，它不肯绝望；对着过去的痛苦，它不愿回忆的呵，然而现在，它却尽管凄凉地往复地想了。

唉，唉，可悲呵，这病着的躯壳的病着的心。

尤其是对着这细雨连绵的春天。

这雨，落在西北，可不全像江南的故乡的雨吗？细细的，丝一样，若断若续的。

故乡的雨，故乡的天，故乡的山河和田野，还有那蔚蓝中衬着整齐的金黄的菜花的春天，藤黄的稻穗带着可爱的气息的夏天，蟋蟀和纺织娘们在濡湿的草中唱着诗的秋天，小船吱吱地触着沉默的薄冰的冬天，还有那熟识的道路，还有那亲密的故居。

不，不，我不想这些，我现在不能回去，而且是病着，我得让我的心平静；恢复我过去的铁一般的坚硬，告诉自己：这雨是落在西北，不是故乡的雨——而且不像春天的雨，却像夏天的雨。

不要那样想吧，我的可怜的心呵，我的头正像夏天的烈日下的汽油缸，将要炸裂了，我的嘴唇正干燥得将要进出火花来了呢。让这夏天的雨来压下我头部的炎热。

唉，唉，就说是故乡的杨梅吧，它正是在类似这样的雨天成熟的呵。

故乡的食物，我没有比这更喜欢的了。倘若我爱故乡，不如就说我完全是爱的这叫作杨梅的果子吧。

呵，相思的杨梅！它有着多么惊异的形状，多么可爱的颜色，多么甜美的滋味呀。

它是圆的，和大的龙眼一样大小，远看并不稀奇，拿到手里，原来它是遍身生着刺的哩。这并非是它的壳，这就是它的肉。不知道的人，一定以为这满身生着刺的果子是不能进口的了，否则也须用什么刀子削去那刺的尖端的吧？然而这是过虑。它原来是希望人家爱它吃它的。只要等它渐渐长熟，它的刺也渐渐软了，平了。那时放到嘴里，软滑之外还带着什么感觉呢？没有人能想得到，它还保存着它的特点，每一根刺平滑地在舌尖上触了过去，细腻柔软而且亲切。

颜色更可爱呢。它最先是淡红的，像娇嫩的婴儿的面颊，随后变成了深红，像是女孩的害羞，最后黑红了——不，我们说它是黑的。然而它并不是黑，也不是黑红，原来是红的。太红了，所以像是黑。轻轻地啄开它，我们就看见了那新鲜红嫩的内部，同时我们已染上了一嘴的红水。说它新鲜红嫩，有的人也许以为一定像贵妃的肉色似的荔枝吧？嗳，那就错了。荔枝的光色是呆板的，像玻璃，像鱼目；杨梅的光色却是生动的，像映着朝霞的露水呢。

滋味吗？没有十分成熟是酸带甜，成熟了便单是甜。这甜味可决不使人讨厌，不但爱吃甜味的人尝了一下舍不得丢掉，就连不爱吃甜味的人也会完全被它吸引住，越吃越爱吃。它是甜的，然而又依然是酸的。而这酸味，我们须待吃饱了杨梅以后，再吃别的东西的时候，才能领会得到。那时我们才知道自己的牙齿酸了，软了，连豆腐也咬不下了，于是我们才恍然悟到刚才吃多了酸的杨梅。我们知道这个，然而我们仍然爱它，我们仍须吃一个大饱。它真是世上最迷人的东西。

唉，唉，故乡的杨梅呵。

细雨如丝的时节，人家把它一船一船地载来，一担一担地挑来，我们一篮一篮地买了进来，挂一篮在檐口下，放一篮在水缸盖上，倒上一脸盆，用冷水一洗，一颗一颗地放进嘴里，一面还没有吃了，一面又早已从脸盆里拿起了一颗，一口气吃了一二十颗，有时来不及把它的核一一吐出来，便一直吞进了肚里。

"生了虫呢……蛇吃过了呢……"母亲看见我们吃得快，吃得多，便这样说了起来，要我们仔细看一看，多多洗一番。

但我们并不管这些，它成了我们的生命，我们越吃越快了。

"好吃，好吃。"我们心里这样想着，嘴里却没有余暇说话，待肚子胀上加胀，胀上加胀，眼看着一脸盆的杨梅吃得一颗也不留，这才呆笨地挺着肚子，走了开去，叹气似的嘘出一声"咳"来。

唉，可爱的故乡的杨梅呵。

一年，二年……我已有十六七年不曾尝到它的滋味了。偶尔回到故乡，不是在严寒的冬天，便是在酷热的夏天，或者杨梅还未成熟，或者杨梅已经落完了。这中间，曾经有两次，在异地见到过杨梅，比故乡的小，比故乡的酸，颜色又不及故乡的红。我想回味过去，把它买了许多来。

"长在树上，有虫爬过，有蛇吃过呢。"

我现在成了大人，有了知识，爱惜自己的生命甚于杨梅了。我用沸滚的开水去细细地洗杨梅，觉得还不够消除那上面的微菌似的。

于是它不但更不像故乡的，简直不是杨梅了。我只尝了一二颗，便不再吃下去。

最后一次我终于在离故乡不远的地方见到了可爱的故乡的杨梅。

然而又因为我成了大人，有了知识，爱惜自己的生命甚于杨梅，偶然发现一条小虫，也就拒绝了回味的欢愉。

现在我的味觉也显然改变了，即使回到故乡，遇到细雨如丝的杨梅时节，即使并不害怕从前的那种吃法，我的舌头应该感觉不出从前的那种美味了，我的牙齿应该不能像从前似的能够容忍那酸性了。

唉，故乡离开我愈远了。

我们中间横着许多鸿沟。那不是千万里的山河的阻隔，那是……

唉，唉，我到底病了。我为什么要想到这些呢？

看呵，这眼前的如丝的细雨，不是若断若续地落在西北的春天里吗？

在乡下

—— 老 舍

　　虽然刚住了几天，我已经感到乡间的确可喜。在这生活困难的时候，谁也恐怕不能不一开口就谈到钱；在乡间住，第一个好处是可以省下几文。头发长了，须跑出十里八里去理；脚稍微一懒，就许延迟一个星期；头发长了些，可是袋儿里也沉重了些。洗澡，更谈不到。到极热的时候，可以下河；天不够热的时候，皮肤外有一层可以搓卷着玩的泥，也显着暖和而有趣。这就又省了一笔支出。没有卖鲜果、糖食和点心的；这不但可以省了钱，而且自然地矫正了吃零食的坏习惯。衣服须自己洗，皮鞋须自己擦。路须自己走——没有洋车。就是有，也不能在田埂儿上走。

　　除了省钱，还另有好多的精神胜利：平剧、川剧全听不到了，但是可以自己唱。在大黄角树下，随意喊吧，除了多管闲事的狗向你叫几声外，不会有人来叫"倒好"的。话剧更看不到，可是自己可以写两本呀，有的是工夫！

　　书是不易得到的，但是偶然找来一本，绝不会像在城里时那样掀一掀就了事。在乡下，心里用不着惦记与朋友们定的约会，眼睛用不着时时地看表，于是，拿到一本书的时节，就可以愿意怎么读便怎么读；愿意把这几行读两遍，便读两遍；三遍就三遍；看那一行不大顺眼，便可以跟它辩论一番！这样，书仿佛就与人成了可以谈心的朋友，而不是书架上的摆设了。

　　院中有犬吠声，鸡鸭叫声，孩子哭声；院外有蛙声，鸟声，叱牛声，农人相呼声。但这些声音并不教你心中慌乱。到了夜间，便什么声音也没有；即使蛙声还在唱，可是它们会把你唱入梦境里去。这几天，杜鹃特别地多，直到深夜还不住地啼唤；老想问问它们，三更半夜的唤些什么？这不是厌烦，而是有点相怜之意。

　　晚上，油灯欠亮，蚊虫甚多；所以早早地就躲到帐子里去。早睡，所以就也早起。睡得稳，睡得好，脸上就增加了一点肉——很不放心，说不定还会变成胖子呢！

妙用修辞，言外意无穷

鲁迅先生说：**作文的人，因为不能修辞，于是也就不能达意**。修辞，顾名思义，就是修饰文辞，是为了追求最佳表达效果而采用的语言上的表达方式。在写作中，用好修辞手法，能使文章熠熠生辉，言外意无穷。

每每拜读当代散文大师林清玄的作品，我都会被他的修辞功力深深折服。来看这篇《红心番薯》，"牵牛花不论在篱笆上，在阴湿的沟边，都是抬头挺胸，仿佛要探知人世的风景；番薯花则通常是卑微地依着土地，好像在嗅着泥土的芳香。在夕阳将下之际，牵牛花开始萎落，而那时的番薯花却开得正美，淡红晚霞一样的色泽，染满了整片土地"。大师的文字从来都不是平铺直叙的，在这个短短的段落里，运用了**拟人、比喻、对比**等多种修辞手法，自然流畅，清新动人。

林清玄先生的散文多取材于平常生活，之所以能让读者感觉含义隽永，很大程度上源于他对修辞手法的巧妙化用。他以茶比喻人生，"年少青涩，青春芳醇，中年沉重，壮年回香，老年无味"。他反问世人，"谁见过人蓄养凤凰呢？谁能束缚月光呢？一颗流星自有它来去的方向，我有我的去处"。他写秋天的云，是"诗歌里轻轻的惊叹号，是碧蓝大海里的小舟"。他写林间的雾，"掠过果树，像一条广大的河流般"。他的对偶有音韵之美："两袖一挥，清风明月；仰天一笑，快意平生。"他的排比气势如虹："无常是幻，无常是苦，无常是迁流不息，无常是变动不拘……"

尝试在你的写作中加入修辞吧，它可以让作文形象生动，意蕴无穷！

——密斯於

红心番薯

——林清玄

看我吃完两个红心番薯，父亲才放心地起身离去，走的时候还落寞地说："为什么不找个有土地的房子呢？"

这次父亲北来，是因为家里的红心番薯收成，特地背了一袋给我，还挑选几个格外好的，希望我种在庭前的院子里。他万万没有想到的是，我早已从郊外的平房搬到城中的大厦，是根本容不下绿色的地方，甚至长不出一株狗尾巴草，更不要说番薯了。

到车站接了父亲回到家里，我无法形容父亲的表情有多么失望。他在屋内转了三圈，才放下提着的麻袋，愤愤地说："伊娘咧！你竟住在无土的所在！"一个人住在脚踏不到泥土的地方，父亲竟不能忍受，这也是我看到他的表情后才知道的。然后他的愤愤转变成喃喃："你住在这种上不着天下不着地的所在，我带来的番薯要种在哪里？要种在哪里？"

父亲对番薯的感情，也是这两年我才深切知道的。

那是有一次我站在旧家前，看着河堤延伸过来的菅芒花，在微凉的秋风中摇动着，那些遍地蔓生的菅芒长得有一人高，我看到较近的菅芒摇动得特别厉害，凝神注视，才突然看到父亲走在那一片菅芒里，我大吃一惊。原来父亲的头发和秋天灰白的菅芒花是同一种颜色，他在遍地菅芒的野地里走了几百公尺，我竟未能看见。

那时我站在家前的番薯田里，父亲来到我的面前，微笑地问："在看番薯吗？你看长得像羊头一样大了哩！"说着，他蹲下来很细心地拨开泥土，捧出一个精壮圆实的番薯来，以一种赞叹的神情注视着番薯。我带着未能在菅芒花中看见父亲身影的愧疚心情，与他面对面蹲着。父亲突然像儿童一般天真欢愉地叹了一口气，很自得地说："你看，恐怕没有人番薯种得比我好了。"然后他小心翼翼地把那个番薯埋入土中，动作像是在收藏一件艺术品，神情庄重而带着收获的欢愉。

父亲的神情使我想起幼年关于番薯的一些记忆。有一次我和几位外省的小孩子吵架，他们一直骂着："番薯呀！番薯呀！"我就回骂："老芋呀！老芋呀！"

对这两个名词我是疑惑的，回家询问了父亲。那天他喝了几杯老酒，神情很是愉快，他打开一张老旧的地图，指着台湾的那一部分说："台湾的样子真是像极了红心的番薯，你们是这番薯的子弟呀！"而无知的我便指着北方广大的大陆说："那这大陆的形状就是一个大的芋头了，所以外省人是芋仔的子弟？"父亲大笑起来，抚着我的头说："憨团仔，我们也是从唐山来的，只是来得比较早而已。"

然后他用一支红笔，在地图上将我们遥远的北方故乡有力地画下来，牵连到我们所居的台湾南部。那是第一次在十烛光的灯泡下，我认识到，芋头与番薯原来是极其相似的植物，并不是我们想象中那么判然有别的。也第一次知道，原来在东北会落雪的故乡，也遍生着红心的番薯！

我更早的记忆，是从我会吃饭开始的。家里每次收成番薯，总是保留一部分填置在木板的眠床底下。我们的每餐饭中一定煮了三分之一的番薯，早晨的稀饭里也放了番薯签，有时吃腻了，我就抱怨起来。听完我的抱怨，父亲就激动地说起他少年的往事。他们那时为了躲警报，常常在防空壕里一窝就是一整天。所以祖母每每把番薯煮好放着，一旦警报声响起，父亲的九个兄弟姊妹就每人抱两三个番薯直奔防空壕，一边啃番薯，一边听飞机和炮弹在四处交响。他的结论常常是："那时候有番薯吃，已经是天大的幸福了。"他一说完这个故事，我们只好默然地把番薯扒到嘴里去。

父亲的番薯训诫并不是寻常都如此严肃，偶尔也会说起战前在日本人的小学堂中放屁的事。由于吃多了番薯，屁有时是忍耐不住的，当时吃番薯又是一般家庭所不能免的，父亲形容说："因此一进了教室往往是战云密布，不时传来屁声。"而他说放屁是会传染的，常常一呼百应，万众皆响。有一回放屁放得太厉害，全班被日本老师罚跪在窗前，即使跪着，屁声仍然不断。父亲顽笑地说："经过跪的姿势，屁声好像更响了。"他说这些的时候，我们通常就吃番薯吃得比较甘心，放起屁来也不以为忤了。

然后是一阵战乱，父亲到南洋打了几年仗，在丛林之中，时常从睡梦中把他唤醒，时常让他在思乡时候落泪的，不是别的珍宝，而是普普通通的红心番薯。它炙烤过的香味，穿过数年的烽火，在万金家书也不能抵达的南洋，温暖了一位年轻战士的心，并呼唤他平安地回到家乡。他有时想到番薯的香味，一张像极番薯形状的台湾地图就清楚浮现，思绪接着往南方移动，再来的图像便是温暖的家园，还有宽广无边、结满黄金稻穗的大平原……

战后返回家乡，父亲的第一件事便是在家前家后种满了番薯，日后遂成为我们家的传统。家前种的是白瓤番薯，粗大壮实，一个可以长到十斤以上；屋后一小片园地是红心番薯，一串一串的果实，细小而甜美。白瓤番薯是为了预防战争逃难而准备的，红心番薯则是父亲南洋梦里的乡思。

每年父亲从南洋归来的纪念日，夜里的一餐我们通常不吃饭，只吃红心番薯，听着父亲诉说战争的种种，那是我农夫父亲的忧患意识。他总是记得饥饿的年代，番薯是可以饱腹的，如今回想起来，一家人围着小灯食薯，那种景况我在凡·高的名画《食薯者》中几乎看见，在沉默中，是庄严而肃穆的。

在这个近百年来中国最富裕的此时此地，父亲的忧患想来恍若一个神话。大部分人永远不知有枪声，只有极少数经过战争的人，在他们心底有一段番薯的岁月，那岁月里永远有枪声时起时落。

由于有那样的童年，日后我在各地旅行的时候，便格外留心番薯的踪迹。我发现在我们所居的这张番薯形状的地图上，从最北角到最南端，从山坡上贫瘠的石头地到河岸边肥沃的沙浦，番薯都能坚强地、不经由任何肥料与农药而向四方生长，并结出丰硕的果实。

有一次，我在澎湖人口已经迁徙的无人岛上，看到人所耕种的植物都被野草吞没了，只有遍生的番薯还和野草争着方寸，在无情的海风烈日下开出一片淡红的晨曦颜色的花，而且在最深的土里，各自紧紧握着拳头。那时我知道在人所种植的作物之中，番薯是最强悍的。

这样想着，幼年家前家后的番薯花突然在脑中闪现，番薯花的形状和颜色都像牵牛花，唯一不同的是，牵牛花不论在篱笆上，在阴湿的沟边，都抬头挺胸，仿佛要探知人世的风景；番薯花则通常是卑微地依着土地，好像在嗅着泥土的芳香。在夕阳将下之际，牵牛花开始萎落，而那时的番薯花却开得正美，淡红晚霞一样的色泽，染满了整片土地。

正如父亲常说，世界上没有一种植物比得上番薯，它从头到脚都有用，连花也是美的。现在台北最干净的菜市场也卖有番薯叶子的青菜，价钱还颇不便宜。有谁想到这在乡间是最卑贱的菜，是逃难的时候才吃的？

在我居住的地方，巷口本来有一位卖糖番薯的老人，一个滚圆的大铁锅，挂满了糖渍过的番薯，开锅的时候，一缕扑鼻的香味由四面扬散出来，那些番薯是去皮的，长得很细小，却总像记录着什么心底的珍藏。有时候我向老人买一个番薯，散步回来时吃着，那蜜一样的滋味进了腹中，却有一点酸苦，因为老人的脸总使我想起在烽烟中奔走过的风霜。

　　老人是离乱中幸存的老兵，家乡在山东偏远的小县。有一回我们为了番薯问题争辩起来，老人坚称台湾的红心番薯如何也比不上他家乡的红瓤番薯，他的理由是："台湾多雨水，番薯哪有俺家乡的甜？俺家乡的番薯真是甜得像蜜！"老人说话的神情好像当时他已回到家乡，站在番薯田里。看着他的神情，使我想起父亲和他的南洋，他在烽火中的梦，我真正知道，番薯虽然卑微，它却联结着乡愁的土地，永远在乡思的天地里吐露新芽。

　　父亲送我的红心番薯过了许久，有些要发芽的样子，我突然想起在巷口卖糖番薯的老人，便提了一些去巷口送他，没想到老人改行卖牛肉面了，我说："你为什么不卖地瓜呢？"老人愕然地说："唉！这年头，人连米饭都不肯吃了，谁来买俺的地瓜呢？"我无奈地提着番薯回家，把番薯袋子丢在地上，一个番薯从袋口跳出来，破了，露出其中鲜红的血肉。这些无知的番薯，为何经过卅年，心还是红的，不肯改一点颜色?

老人和父亲生长在不同背景的同一个年代，他们在颠沛流离的大时代里，只是渺小而微不足道的人，可能只有那破了皮的红心番薯才能记录他们心里的颜色；那颜色如清晨的番薯花，在晨曦掩映的云彩中，曾经欣欣茂盛过，曾经以卑微的球根累累互相拥抱、互相温暖。他们之所以能卑微地活过人世的烽火，是因为在心底的深处有着故乡的骄傲。

站在阳台上，我看到父亲去年给我的红心番薯，我任意种在花盆中，放在阳台的花架上，如今，它的绿叶已经长到磨石子地上，甚至有的伸出阳台的栏杆，仿佛在找寻什么。每一丛红心番薯的小叶下都长出根的触须，在石地板上待久了，有点萎缩而干枯了。那小小的红心番薯竟是在找寻它熟悉的土地吧!因为土地，我想起父亲在田中耕种的背影，那背影的远处，是他从菅芒花丛中远远走来，到很近的地方，花白的头发，冒出了菅芒。为什么番薯的心还红着，父亲的头发竟白了。

在我十岁那年，父亲首次带我到都市来，我们行经一片被拆除公寓的工地，工地堆满了砖块和沙石。父亲在堆置的砖块缝中，一眼就辨认出几片番薯叶子，我们循着叶子的茎络，终于找到几乎被完全掩埋的根，父亲说："你看看这番薯，根上只要有土，它就可以长出来。"然后他没有再说什么，执起我的手，走路去饭店参加堂哥隆重的婚礼。

如今我细想起来，那一株被埋在建筑工地的番薯，有着逃难的身世，由于它的脚在泥土里，苦难也无法掩埋它，比起这些种在花盆中的番薯，它有着另外的命运和不同的幸福，就像我们远离了百年的战乱，住在看起来隐秘而安全的大楼里，却有了失去泥土的悲哀——伊娘咧！你竟住在无土的所在。

星空夜静，我站在阳台上仔细端凝盆中的红心番薯，发现它吸收了夜的露水，在细瘦的叶片上，片片冒出了水珠，每一片叶都沉默小心地呼吸着。那时，我几乎听到了一个有泥土的大时代，上一代人的狂歌与低吟都埋在那小小的花盆中，只有静夜的敏感才能听见。

桂花雨

——琦 君

中秋节前后，就是故乡的桂花季节。一提到桂花，那股子香味就仿佛闻到了。桂花有两种，月月开的称木樨，花朵较细小，呈淡黄色，台湾好像也有，我曾在走过人家围墙外时闻到这股香味，一闻到就会引起乡愁。另一种称金桂，只有秋天才开，花朵较大，呈金黄色。我家的大宅院中，前后两大片广场，沿着围墙，种的全是金桂，唯有正屋大厅前的庭院中，种着两株木樨、两株绣球。还有父亲书房的廊檐下，是几盆茶花与木樨相间。

　　小时候，我无论对什么花，都不懂得欣赏。尽管父亲指指点点地告诉我，这是凌霄花，这是叮咚花，这是木碧花……我除了记些名称外，最喜欢的还是桂花。桂花树不像梅花那么有姿态，笨笨拙拙的，不开花时，只是满树茂密的叶子，开花季节也得仔细地从绿叶丛里找细花，它不与繁花斗艳。可是桂花的香气味，真是迷人。迷人的原因，是它不但可以闻，还可以吃。"吃花"

在诗人看来是多么俗气，但我宁可俗，就是爱桂花。

桂花，真叫我魂牵梦萦。

故乡是近海县份，八月正是台风季节。母亲称之为"风水忌"。桂花一开放，母亲就开始担心了："可别做风水啊！"（就是台风来的意思。）她担心的第一是将收成的稻谷，第二就是将收成的桂花。桂花也像桃梅李果，也有收成呢。母亲每天都要在前后院子走一遭，嘴里念着："只要不做风水，我可以收几大箩，送一斗给胡宅老爷爷，一斗给毛宅二婶婆，他们两家糕饼做得多。"原来桂花是糕饼的香料。桂花开得最茂盛时，不说香闻十里，至少前后左右十几家邻居，没有不浸在桂花香里的。桂花成熟时，就应当"摇"，摇下来的桂花，朵朵完整、新鲜，如任它开过谢落在泥土里，尤其是被风雨吹落，那就湿漉漉的，香味差太多了。

"摇桂花"对于我是件大事，所以老是盯着母亲问："妈，怎么还不摇桂花嘛？"母亲说："还早呢，没开足，摇不下来的。"可是母亲一看天空阴云密布，云脚长毛，就知道要"做风水"了，赶紧吩咐长工提前"摇桂花"，这下，我可乐了。帮着在桂花树下铺篾簟，帮着抱住桂花树使劲地摇，桂花纷纷落下来，落得我们满头满身，我就喊："啊！真像下雨，好香的雨啊。"
母亲洗净双手，撮一撮桂花放在水晶盘中，送到佛堂供
佛。父亲点上檀香，炉烟袅袅，两种香混合在一起，
佛堂就像神仙世界。于是父亲诗兴发了，即时口占一
绝："细细香风淡淡烟，竟收桂子庆丰年。儿童解得摇
花乐，花雨缤纷入梦甜。"诗虽不见得高明，但在我心
目中，父亲确实是才高八斗，出口成诗呢。

桂花摇落以后，全家动员，拣去小枝小叶，铺开在
簟子里，晒上好几天太阳，晒干了，收在铁罐子里，和
在茶叶中泡茶，做桂花卤，过年时做糕饼。全年，整个
村庄，都沉浸在桂花香中。

念中学时到了杭州，杭州有一处名胜满觉陇，一座
小小山坞，全是桂花，花开时那才是香闻十里。我们秋
季远足，一定去满觉陇赏桂花。"赏花"是借口，主要
的是饱餐"桂花栗子羹"。因满觉陇除桂花以外，还有
栗子。花季栗子正成熟，软软的新剥栗子，和着西湖白
莲藕粉一起煮，面上撒几朵桂花，那股子雅淡清香是无
论如何没有字眼形容的。即使不撒桂花也一样清香，因
为栗子长在桂花丛中，本身就带有桂花香。

我们边走边摇，桂花飘落如雨，地上不见泥土，铺

满桂花，踩在花上软绵绵的，心中有点不忍。这大概就是母亲说的"金沙铺地，西方极乐世界"吧。母亲一生辛劳，无怨无艾，就是因为她心中有一个金沙铺地、玻璃琉璃的西方极乐世界。

我回家时，总捧一大袋桂花回来给母亲，可是母亲常常说："杭州的桂花再香，还是比不得家乡旧宅院子里的金桂。"

于是我也想起了在故乡童年时代的"摇花乐"和那阵阵的桂花雨。

荔枝蜜

—— 杨　朔

花鸟草虫，凡是上得画的，那原物往往也叫人喜爱。蜜蜂是画家的爱物，我却总不大喜欢。说起来可笑。孩子时候，有一回上树掐海棠花，不想叫蜜蜂蜇了一下，痛得我差点儿跌下来。大人告诉我说：蜜蜂轻易不蜇人，准是误以为你要伤害它，才蜇；一蜇，它自己耗尽生命，也活不久了。我听了，觉得那蜜蜂可怜，原谅它了。可是从此以后，每逢看见蜜蜂，感情上疙疙瘩瘩的，总不怎么舒服。

今年四月，我到广东从化温泉小住了几天。四围是山，怀里抱着一潭春水，那又浓又翠的景色，简直是一幅青绿山水画。刚去的当晚，是个阴天，偶尔倚着楼窗一望，奇怪啊，怎么楼前凭空涌起那么多黑黝黝的小山，一重一重的，起伏不断。记得楼前是一片比较平坦的园林，不是山。这到底是什么幻景呢？赶到天明一看，忍不住笑了。原来是满野的荔枝树，一棵连一棵，每棵的叶子都密得不透缝，黑夜看去，可不就像小山似的！

荔枝也许是世上最鲜最美的水果。苏东坡写过这样的诗句："日啖荔枝三百颗，不辞长作岭南人。"可见荔枝的妙处。偏偏我来得不是时候，满树刚开着浅黄色的小花，并不出众。新发的嫩叶，颜色淡红，比花倒还中看些。从开花到果子成熟，大约得三个月，看来我是等不及吃鲜荔枝了。

吃鲜荔枝蜜，倒是时候。有人也许没听说这稀罕物儿吧？从化的荔枝树多得像汪洋大海，开花时节，那蜜蜂满野嘤嘤嗡嗡，忙得忘记早晚，有时还趁着月色采花酿蜜。荔枝蜜的特点是成色纯，养分多。住在温泉的人多半喜欢吃这种蜜，滋养精神。热心肠的同志为我也弄到两瓶。一开瓶子塞儿，就是那么一股甜香；调上半杯一喝，甜香里带着股清气，很有点鲜荔枝味儿。喝着这样的好蜜，你会觉得生活都是甜的呢。

我不觉动了情，想去看看自己一向不大喜欢的蜜蜂。

荔枝林深处，隐隐露出一角白屋，那是温泉公社的养蜂场，却起了个有趣的名儿，叫"养蜂大厦"。正当十分春色，花开得正闹。一走近"大厦"，只见成群结队的蜜蜂出出进进，飞去飞来，那沸沸扬扬的情景，会使你想：说不定蜜蜂也在赶着建设什么新生活呢。

养蜂员老梁领我走进"大厦"。叫他老梁，其实是个青年人，举动很精细。大概是老梁想叫我深入一下蜜蜂的生活，小心翼翼地揭开一个木头蜂箱，箱里隔着一排板，每块板上满是蜜蜂，蠕蠕地爬着。蜂王是黑褐色的，身量特别细长，每只蜜蜂都愿意用采来的花粉供养它。

老梁叹息似的轻轻说："你瞧这群小东西，多听话。"

我就问道："像这样一窝蜂，一年能割多少蜜？"

老梁说："能割几十斤。蜜蜂这物件，最爱劳动。广东天气好，花又多，蜜蜂一年四季都不闲着。酿的蜜多，自己吃的可有限。每回割蜜，给它们留一点点糖，够它们吃的就行了。它们从来不争，也不计较什么，还是继续劳动、继续酿蜜，整日整月不辞辛苦……"

我又问道："这样好蜜，不怕什么东西来糟蹋吗？"

老梁说："怎么不怕？你得提防虫子爬进来，还得提防大黄蜂。大黄蜂这贼最恶，常常落在蜜蜂窝洞口。专干坏事。"

　　我不觉笑道："噢！自然界也有侵略者。该怎么对付大黄蜂呢？"

　　老梁说："赶！赶不走就打死它。要让它待在那儿，会咬死蜜蜂的。"

　　我想起一个问题，就问："可是呢，一只蜜蜂能活多久？"

　　老梁回答说："蜂王可以活三年，一只工蜂最多能活六个月。"

　　我说："原来寿命这样短。你不是总得往蜂房外边打扫死蜜蜂吗？"

　　老梁摇一摇头说："从来不用。蜜蜂是很懂事的，活到限数，自己就悄悄死在外边，再也不回来了。"

　　我的心不禁一颤：多可爱的小生灵啊！对人无所求，给人的却是极好的东西。蜜蜂是在酿蜜，又是在酿造生活；不是为自己，而是在为人类酿造最甜的生活。蜜蜂是渺小的；蜜蜂却又多么高尚啊！

　　透过荔枝树林，我沉吟地望着远远的田野，那儿正有农民立在水田里，辛辛勤勤地分秧插秧。他们正用劳力建设自己的生活，实际也是在酿蜜——为自己，为别人，也为后世子孙酿造着生活的蜜。

这黑夜，我做了个奇怪的梦，梦见自己变成一只小蜜蜂……酿造着未来……

一碟辣酱

——张晓风

有一年，在香港教书。

港人非常尊师，开学第一周校长在自己家里请了一桌席，有十位教授赴宴，我也在内。这种席，每周一次，务必使校长在学期中能和每位教员谈谈。我因为是客，所以列在首批客人名单里。

这种好事因为在台湾从未发生过，我十分兴头地去赴宴。原来菜都是校长家的厨子自己做的，清爽利落，很有家常菜风格。也许由于厨子是汕头人，他在诸色调味料中加了一碟辣酱，校长夫人特别声明是厨师亲手调制的。那辣酱对我而言稍微嫌甜，但我还是取用了一些。因为一般而言广东人怕辣，这碟辣酱我若不捧场，全桌粤籍人士没有谁会理它。广东人很奇怪，他们一方面非常知味，一方面却又完全不懂"辣"是什么。我有一次看到一则比萨饼的广告，说"热辣辣的"，便想拉朋友一试，朋友笑说："你错了，热辣辣跟辣没有关系，意思是指很热很烫。"我有点生气，广东话怎么可以把辣当作热的副词？仿佛辣本身不存在似的。

我想这厨子既然特意调制了这独家辣酱，没有人下箸总是很伤感的事。汕头人是很以他们的辣酱自豪的。

那天晚上吃得很愉快，也聊得很尽兴，临别的时候主人送客到门口，校长夫人忽然塞给我一个小包，她说："这是一瓶辣酱，厨子说特别送给你的。我们吃饭的时候他在旁边巡巡看看，发现只有你一个人欣赏他的辣酱，他说他反正做了很多，这瓶让你拿回去吃。"

我其实并不十分喜欢那偏甜的辣酱，吃它原是基于一点善意，不料竟回收了更大的善意。我千恩万谢受了那瓶辣酱——这一次，我倒真的爱上这瓶辣酱了，为了厨子的那份情。

大约世间之人多是寂寞的吧？未被击节赞美的文章，未蒙赏识的赤忱，未受注视的美貌，无人为之垂泪的剧情，徒然地弹了又弹却不曾被一语道破的高山流水之音。或者，无人肯试的一碟食物……

而我只是好意一举箸，竟蒙对方厚赠，想来，生命之宴也是如此吧？我对生命中的涓滴每有一分赏悦，上帝总立即赐下万道流泉。我每为一个音符凝神，它总倾下整匹的音乐如素锦。

生命的厚礼，原来只赏赐给那些肯于一尝的人。

食味杂记

——鲁 彦

如其他的宁波人一般，我们家里每当十一、十二月间也要做一石左右米的点心，磨几斗糯米的汤果。所谓点心，就是有些地方的年糕，不过在我们那里还包括着形式略异的薄饼、厚饼、元宝等等。汤果则和汤团（有些地方叫作元宵团）完全是一类的东西，所差的是汤果只如钮子那样大小而且没有馅子。点心和汤果做成后，我们几乎天天要煮着当饭吃。我们一家人都非常喜欢这两种东西，正如其他的宁波人一般。

母亲、姐姐、妹妹和我都喜欢吃咸的东西。我们总是用菜煮点心和汤果。但父亲的口味恰和我们的相反，他喜欢吃甜的东西。我们每年盼望父亲回家过年，只是要煮点心和汤果吃时，父亲若在家里便有点为难了。父亲吃咸的东西正如我们吃甜的东西一般咽不下去。我们两方面都难以迁就。母亲是最要省钱的，到了这时也只有甜的和咸的各煮一锅。照普遍的宁波人的俗例，正月初一必须吃一天甜汤果，因此欢天喜地的元旦在我们是一个磨难的日子，我们常常私自谈起，都有点怪祖宗不该创下这种规例。腻滑滑的甜汤果，我们勉强而又勉强地还吃不下一碗，父亲却能吃三四碗。我们对于父亲的嗜好都觉得奇怪、神秘。"甜的东西是没有一点味的。"我每每对父亲说。

二十几年来，我不仅不喜欢吃甜的东西，而且看见甜的（糖却是例外）还害怕，而至于厌憎。去年珊妹给我的信中有一句"蜜饯一般甜的……"竟忽然引起了我的趣味，觉得甜的滋味中还有令人魂飞的诗意，不能不去探索一下。因此遇到甜的东西，每每捐除了成见，带着几分好奇心情去尝试。直到现在，我的舌头仿佛和以前不同了。它并不觉得甜的没有味，在甜的和咸的东西在面前时，它都要吃一点。"甜的东西是没有一点味的。"这句话我现在不说了。

从前在家里，梅还没有成熟的时候，母亲是不许我去买来吃的，因为太酸了。但明买不能，偷买却还做得到。我非常爱吃酸的东西，我觉得梅熟了反而没有味，梅的美味即在未成熟的时候。故乡的杨梅甜中带酸，在果类中算最美味的，我每每吃得牙齿不能吃饭。大概就是因为吃酸的果品吃惯了，近几年来在吃饭的时候，总是想把任何菜浸在醋中吃。有一年在南京，几乎每餐要一二碗醋。不仅浸菜吃，竟喝着下饭了。朋友们都有点惊骇，他们觉得这是一种古怪的嗜好，仿佛背后有神的力一般。但这在我是再平常不过的事情了。醋是一种美味的东西，绝不是使人害怕的东西，在我觉得。

许多人以为浙江人都不会吃辣椒，这却不对。据我所知，三江一带的地方，出辣椒的很多，会吃辣椒的人也很多。至于宁波，确是不大容易得到辣椒，宁波人除了少数在外地久住的人外，差不多都不会吃辣椒。辣椒在我们那边的乡间只是一种玩赏品。人家多把它种在小小的花盆里，和鸡冠花、满堂红之类排列在一处，欣赏辣椒由青色变成红色。那里的种类很少，大一点的非常不易得到，普通多是一种圆形的像钮子般大小的所谓钮子辣茄（宁波人喊辣椒为辣茄），但这一种也还并不多见。我年幼时不晓得辣椒是可以吃的东西，只晓得它很辣，除了玩赏之外，还可以欺侮新娘子或新女婿。谁家的花轿进了门，常常便有许多孩子拿了羊尾巴或辣椒伸手到轿内去，往新娘子的嘴上抹。新女婿第一次到岳家时，年轻的男女常常串通了厨子，暗地里在他的饭内拌一点辣椒，看他辣得皱上眉毛，张着口，胥胥地响着，大家就哄然笑了起来。我自在北方吃惯了辣椒，去年回到家里要买一点吃吃便感到非常苦恼。好容易从城里买了一篮（据说城里有辣椒出卖还是最近几年的事），味道却如青菜一般一点也不辣。邻居听说我能吃辣椒，都当作一种新闻传说。平常一提到我，总要连带提到辣椒。他们似乎把我当作一个外地人看待。他们看见我吃辣椒，便要发笑。我从他们眼中发觉到他们的脑中存着"他是夷狄之邦的人"的意思。

南方人到北方来最怕的是北方人口中的大蒜臭。然而这臭在北方人却是一种极可爱的香气。

在南方人闻了要吐，在北方人闻了大概比仁丹还能提神。我以前在北京好几处看见有人在吃茶时从衣袋里摸出一包生大蒜头，也同别人一样的奇怪，一样的害怕。但后来吃了几次，觉得这味道实在比辣椒好得多，吃了大蒜以后还有一种后味和香气久久留在口中。今年端午节吃粽子，甚至用它拌着吃了。"大蒜是臭的"这句话，从此离开了我的嘴巴。

宁波人腌菜和湖南人不同。湖南人多是把菜晒干了切碎，装入坛里，用草和篾片塞住了坛口，把坛倒竖在一只盛少许清水的小缸里。这样，空气不易进去，坛中的菜放一年两年也不易腐败，只要你常常调换小缸里的清水。宁波人腌菜多是把菜洗净，塞入坛内，撒上盐，倒入水，让它浸着。这样的做法，在一礼拜至两月中咸菜的味道确是极其鲜嫩的，但日子久了，它就要慢慢地腐败，腐败得臭不堪闻，而至于坛中拥浮着无数的虫。然而宁波人到了这时不但不肯弃掉，反而比才腌的更喜欢吃了。有许多乡下人家的陈咸菜一直吃到新咸菜可吃时还有。这原因除了节钱之外，还有一个原因是为的越臭越好吃。还有一种为宁波人所最喜欢吃的是所谓"臭苋菜股"。这是用苋菜的干腌菜似的做成的。它的腐败比咸菜容易，其臭气也比咸菜来得厉害。他们常常把这种已臭的汤倒一点到未臭的咸菜里去，使这未臭的咸菜也赶快臭起来。有时煮什么菜，他们也加上一两碗臭汤。有的人闻到了邻居的臭汤气，心里就非常神往；若是在谁家讨得了一碗，便千谢万谢，如得到了宝贝一般。我在北方住久了，不常吃鱼，去年回到家里一闻到鱼的腥气就要呕吐，唯几年没有吃臭咸菜和臭苋菜股，见了却还一如从前那么喜欢。在我觉得这种臭气中分明有比芝兰还香的气息，有比肥肉鲜鱼还美的味道。然而和外省人谈话中偶尔提及，他们就要掩鼻而走了，仿佛这臭食物不是人类所该吃的一般。

吃莲花的

——老　舍

今年我种了两盆白莲。盆是由北平搜寻来的，里外包着绿苔，有五六十岁了。泥是由黄河拉来的。水用趵突泉的。只是藕差点事，吃剩下来的菜藕。好盆好泥好水敢情有妙用，菜藕也不好意思了，长吧，开花吧，不然太对不起人！居然，拔了梗，放了叶，而且开了花。一盆里七八朵，白的！只有两朵，瓣尖上有点红，我细细地用檀香粉给涂了涂，于是全白。作诗吧，除了作诗还有什么办法？专说"亭亭玉立"这四个字就被我用了七十五次，请想我作了多少首诗吧！

　　这且不提。好几天了，天天门口卖菜的带着几把儿白莲。最初，我心里很难过。好好的莲花和茄子冬瓜放在一块，真！继而一想，若有所悟。啊，济南名士多，不能自己"种"莲，还不"买"些用古瓶清水养起来，放在书斋？是的，一定是这样。

这且不提。友人约游大明湖，"去买点莲花来！"他说。"何必去买，我的两盆还不可观？"我有点不痛快，心里说："我自种的难道比不上湖里的？真！"况且，天这么热，游湖更受罪，不如在家里，煮点毛豆角，喝点莲花白，作两首诗，以自种白莲为题，岂不雅妙？友人看着那两盆花，点了点头。我心里不用提多么痛快了；友人也很雅哟！除了作新诗，向来不肯用这"哟"，可是此刻非用不可了！我忙着吩咐家中煮毛豆角，看看能买到鲜核桃不。然后到书房去找我的诗稿。友人静立花前，欣赏着哟！

这且不提。及至我从书房回来一看，盆中的花全在友人手里握着呢，只剩下两朵快要开败的还在原地未动。我似乎忽然中了暑，天旋地转，说不出话。友人可是很高兴。他说："这几朵也对付了，不必到湖中买去了。其实门口卖菜的也有，不过没有湖上的新鲜便宜。你这些不很嫩了，还能对付。"他一边说着，一边奔了厨房。"老田，"他叫着我的总管事兼厨子，"把这用好香油炸炸。外边的老瓣不要，炸里边那嫩的。"老田是我由北平请来的，和我一样不懂济南的典故，他以为香油炸莲瓣是什么偏方呢。"这治什么病，烫伤？"他问。友人笑了。"治烫伤？吃！美极了！没看见菜挑子上一把一把儿地卖吗？"

这且不提。还提什么呢，诗稿全烧了，所以不能附录在这里。

欺 弄

——孟东篱

在乡村的菜摊上看到一块巨大的番薯，约有三台斤重，由卖菜的农夫用红色签字笔恭谨地在上面写上了大大的几个字："大甘薯王"。薯确实用的是"竹"字头，而不是"艹"字头。

　　那大甘薯王，土红的颜色、厚实、沉重。买来，供在桌上。

　　这么大的甘薯，要怎么处置呢？

　　煮来吃，一定又甘又香。但这么稀见的大甘薯就此化入腹中，此后永久不见，确实有点可惜，有点对不住它。

　　但如果不吃，不久它就会生芽。生芽不久以后，就会变质，变得不能吃。

　　两位朋友见了，就说，让它生芽吧！生了芽，整块放在盘中，加一点水，会长成十分好看的盆栽。

这两天，它果然生芽了，长了五六枝嫩红嫩红的小细芽，颇像婴儿的小手臂。

我看着，却有点恐慌和为难。

那些小芽，很快就会长大，长成美丽的绿叶；它的茎会越伸越长，然后向下垂，蔚成垂帘。

当然我可以把整块"大甘薯王"放在盘子里，加点水，它就会生生不息地长成翠绿的、如少女般的浓密的秀发。

它会越长越长，越长越多。

而且，她不只是要水（写到这里，我已不禁要用"她"来替代"它"了），而且还要阳光——因为阳光是她生命最重要的渴望，是她最重要的养分。

我给她阳光不给?

如果不给，是挫折她生命的渴望。

如果给，她就会长得更旺，发育得更好。

而最终，她是要土地。那是她生命最终的渴望。她要土地去生根，要土地，在里面结出一个一个小的甘薯来，世代繁衍，瓜瓞绵绵，且开出美丽纯白的喇叭花。

如果她长芽长叶长须开花，我却只把她放在盘子里，除了有限的水以外什么都不供应，则这一块巨大的甘薯王就会慢慢枯萎腐烂，将她的筋肉都化作营养以供她翠绿的枝叶。翠绿的枝叶会茂盛到某一个顶点，然后必然面临到尴尬期。

因为，她长成了，该结"子"了，却由于没有泥土而无法结"子"，那么怎么样呢？她是不是慢慢因生命无着而走向枯萎？或者会做永远的悬叶？

我不知道。

但不管慢慢枯萎或做永远的悬叶，我觉得都是对她生命的欺弄。

因为，她生为甘薯，不是只为做垂叶植物，不是为了在叶子状态就枯萎而死。

她要泥土。她要后续，她要循环，她要生生不息。

如果我不能让她生生不息，是否一开始就不应任她发芽，长出那如婴儿幼臂的小芽来，不应任其继续生长？

我是否应在此际断然把它煮熟而食其芬芳，而不应让她产生空虚的寄望？

终于，我把她埋入泥土里。

但到了泥土之后，她不但未发出新芽来，不但未长壮结实，连原先的嫩叶也死去了；"大甘薯王"腐烂在泥里化作了土壤。

因为，我误会了她。当她已经成长为甘薯，从地里挖出来，她就不能再回到泥土中；地瓜的繁殖不是用地瓜，而是用地瓜的茎叶。

行道树

——张晓风

每天，每天，我都看见它们，它们是已经生了根的——在一片不适于生根的土地上。

有一天，一个炎热而忧郁的下午，我沿着人行道走着，在穿梭的人群中，听自己寂寞的足音，我又看到它们，忽然，我发现，在树的世界里，也有那样完整的语言。

我安静地站住，试着去理解它们所说的一则故事：

我们是一列树，立在城市的飞尘里。

许多朋友都说我们是不该站在这里的，其实这一点，我们知道得比谁都清楚。我们的家在山上，在不见天日的原始森林里。而我们居然站在这儿，站在这双线道的马路边，这无疑是一种堕落。我们的同伴都在吸露，都在玩凉凉的云。而我们呢？我们唯一的装饰，正如你所见的，是一身抖不落的煤烟。

是的，我们的命运被安排定了，在这个充满车辆与烟囱的工业城里，我们的存在只是一种悲凉的点缀。但你们尽可以节省下你们的同情心，因为，这种命运事实上也是我们自己选择的——否则我们不会在春天勤生绿叶，不必在夏日献出浓荫。神圣的事业总是痛苦的，但是，也唯有这种痛苦能把深度给予我们。

当夜来的时候，整个城市都是繁弦急管，都是红灯绿酒。而我们在寂静里，在黑暗里，我们在不被了解的孤独里。但我们苦熬着把牙龈咬得酸疼，直等到朝霞的旗冉冉升起，我们就站成一列致敬——无论如何，我们这城市总得有一些人迎接太阳！如果别人都不迎接，我们就负责把光明迎来。

这时，或许有一个早起的孩子走了过来，贪婪地呼吸着鲜洁的空气，这就是我们最自豪的时刻了。是的，或许所有的人都早已习惯于污浊了，但我们仍然固执地制造着不被珍视的清新。

落雨的时分也许是我们最快乐的，雨水为我们带来故人的消息，在想象中又将我们带回那无忧的故林。我们就在雨里哭泣着，我们一直深爱着那里的生活——虽然我们放弃了它。

立在城市的飞尘里，我们是一列忧愁而又快乐的树。

故事说完了，四下寂然，一则既没有情节也没有穿插的故事，可是，我听到了它们深深的叹息。我知道，那故事至少感动了它们自己。然后，我又听到另一声更深的叹息——我知道，那是我自己的。

万物皆可爱

WANWU
JIE KE'AI

扫一扫，看课程